मा

[ग

माया राग

माया गोविन्द

राधाकृष्ण प्रकाशन

ISBN : 978-81-8361-553-2

माया राग

पहला संस्करण : 2012
दूसरा संस्करण : 2021
This book is printed on **Print on Demand** Technology : 2025

मूल्य : ₹595

प्रकाशक
राधाकृष्ण प्रकाशन प्राइवेट लिमिटेड
जी-17, जगतपुरी, दिल्ली-110 051

शाखाएँ : अशोक राजपथ, साइंस कॉलेज के सामने, पटना-800 006
पहली मंजिल, दरबारी बिल्डिंग, महात्मा गांधी मार्ग, प्रयागराज-211 001
1, अनमोल सोराबजी संतुक लेन, धोबी तलाव, मरीन लाइंस, मुम्बई-400 002
वेबसाइट : www.radhakrishnaprakashan.com
ई-मेल : info@radhakrishnaprakashan.com

MAYA RAAG
Poems by Maya Govind

माया राग की मिश्री

हिन्दी की सुपरिचित, सुप्रसिद्ध कवयित्री श्रीमती माया गोविन्द का गीत-संग्रह 'माया राग' आपके हाथों में है। इन गीतों में से कुछ ही गीत ऐसे होंगे जिनको आपने, मैंने या दूर बैठे, बसे श्रोता-पाठकों ने नहीं सुने होंगे। माया हिन्दी जगत की मौलिक कवयित्री है। लेखन के क्षेत्र में वह किसी की ऋणी नहीं है। यदि उस पर किसी का ऋण है तो वह है उसकी माँगी पीड़ाओं, व्यथाओं, कष्टों, मुसीबतों और पराजित संघर्षों का। उसके जीवन को करीब से जाननेवाले जानते हैं कि यदि ईश्वर उसे साहस नहीं दिया होता, माँ शारदा ने उसे कलम नहीं दी होती, माँ के दूध ने उसे सुर नहीं दिया होता और समय देवता ने उसे 'गोविन्द' नहीं दिया होता तो वह पागल होकर कभी की इस दुनिया को छोड़ गई होती। आँसू उसके सहोदर रहे। सिसकियाँ और हिचकियाँ उसकी सम्पदा रही पर उसने सभी को अपने जीवन में सही स्थान और सत्कार देकर अपनी शाश्वत सहचरी 'जीवट' के साथ सभी का सामना किया। संवेदना और सौजन्य के साथ हर क्षण को खिलखिलाहट और दीवानगी के साथ शब्द दिए। सम्प्रेषणीय भाषा के साथ लयात्मक छन्दबद्ध अभिव्यक्ति दी। गीत गाते-गाते माया स्वयं हिन्दी के आँगन में सरस रागिनी बन गई। लखनऊ से मुम्बई तक माया की जीवन-जय यात्रा वस्तुतः एक उपन्यास है। माया ने इस उपन्यास को गेय बना दिया। खुद भी गाती रही और उसके श्रोता भी गाते रहे। गुड़ हो या मिश्री, जिधर से भी चखो, मिठास से ही मुँह भर जाता है। चखो नहीं, केवल सूँघ भर लो, आभास और स्वाद मिठास का ही मिलेगा। 'मायाराग' के गीत इसी मिठासवाली मिश्री से लबरेज हैं। गाओ, गुनगुनाओ, पढ़ो या सुनो 'माया राग' का 'मन्द्र' और 'मध्यम' कानों में झंकृत हो जाता है।

'माया राग' की पांडुलिपि मैंने पढ़ी नहीं है। पिछले 40 बरसों से जिस 'राग' को मैं जिस श्रुति-निष्ठा से सुन रहा हूँ उससे जो भी परिचित हैं वे

सभी जानते हैं कि इस संग्रह के गीतों की पंक्तियों के उदाहरण मैं क्यों नहीं दे रहा हूँ। स्वयं माया जब अपनी खनकती आवाज में पढ़ती है–'नैना जले, नीर जल जाये, (पर) सपना नहीं जले' तब आँसू और मुस्कान की मँगनी होते हजारों श्रोताओं ने देखी है। तब माया की मुद्रा एक त्रिवेणी का तट बन जाती है। व्यथा के आँसू, विश्वास-भरी मुस्कान और करुणा का स्वर कुल मिलाकर एक आचमन का जल बन जाते हैं।

अपनी शर्तों पर लिखना और अपनी ही शर्तों पर पढ़ना माया के व्यक्तित्व का विशेष पक्ष है। 'माया राग' के पृष्ठों की संख्या सीमित है। उन पर समूची और समग्र माया का समावेश वैसे भी असंभव है। हाँ, 'माया राग' का प्रकाशन माया के वैश्विक पाठक-श्रोताओं को इस बात की आश्वस्ति देने का एक अकिंचन प्रयास है कि उनके पास 'माया' है।

'माया' को बधाई! प्रकाशक को प्रणाम और 'माया राग' के पाठकों का अभिनन्दन! माया की सर्जना और माया का बिखराव उसे–माया को–अद्‌भुत आनन्ददायी आकार देते हैं। जय! जय!!

13 नवम्बर, 2008

–बालकवि बैरागी

पुरोवाक्

यह सर्वविदित है कि इस अनन्त रमणीय चराचर ब्रह्मांड की निर्मिति ही किसी झंकृति, स्पन्दन अथवा स्फोट के फलस्वरूप हुई है। वह आदि स्पन्द भी अनन्त की ओर सम्प्रेषित किसी लय द्वारा रचा गया था जिससे अनगिनत आकाश गंगाओं वाला यह ब्रह्मांड सृजित हुआ। यही कारण है कि गीत और संगीत को अनादि माना जाता है। भारतीय मनीषा भगवान शिव को नादब्रह्म मानती आई है। उन्हें गीत, संगीत और नृत्य का मूल उत्स माना गया है। यदि शिव का डमरू सृष्टि का पहला वाद्ययंत्र है तो उनके द्वारा सम्पन्न लास्य और तांडव नृत्य की प्राचीनतम विधियाँ हैं। अतः शिव के आदिम और शाश्वत अवदान को सही परिप्रेक्ष्य में समझने की जरूरत है।

गीतिकाव्य का सम्बन्ध आदिम रसगन्धों से है। मनुष्य रसप्रिय है। लयात्मकता मनुष्य की आदिम प्रवृत्तियों में से है। इसलिए विश्व के प्राचीनतम साहित्य में भी गीतिकाव्य के लक्षण मिलते हैं। भारतीय परम्परा में गीतिकाव्य का प्राचीनतम रूप वैदिक संहिताएँ हैं। वहाँ पर उच्चारण, स्वर, लय, ताल, छन्द तथा नाट्य का जो सम्यक, निर्वाह मिलता है वह गीतिकाव्य की तमाम शर्तें पूरी करता है। यह परम्परा ब्राह्मणग्रन्थों, आरण्यकों तथा उपनिषदों द्वारा प्रकारान्त से पुरस्कृत होती है। यहाँ तक कि वाल्मीकि रामायण भी पाठ्य के साथ गेय भी है और महाभारत का महत्त्वपूर्ण अंश 'गीता' में तो गीत शब्द अन्तर्भुक्त ही है। कालिदास कृत 'ऋतुसंहार' एवं 'मेघदूत' तो गीतिकाव्य का अद्भुत प्रतिमान है। जयदेव का 'गीत गोविन्द' तो रागों के शास्त्रीय विधान तथा राधाकृष्ण की विलासप्रिय लीलाओं का समूचे भाव-वैभव और ललितपदावली में विन्यास है। बौद्धकाल में रचित थेर-थेरी गाथाएँ गीतात्मकता से परिपूर्ण हैं। प्राकृत और अपभ्रंश के दौर में लोकगीत के रूप में दोहा छन्द का विकास हुआ। सिद्धों के चर्यागीत अत्यन्त ख्यात हैं। आदिकालीन हिन्दी साहित्य में रण एवं प्रणय के

अनगिनत गीत रचे गए। पृथ्वीराजरासो जैसे महाकाव्य का 'कनवज्ज समय' गीतों में है। वीसलदेव रासो गीतिकाव्य का सुन्दर दृष्टान्त है। परमाल रासो जो आल्ह-खंड काव्य के रूप में जाना जाता है वह बैलेड या लोकगाथा ही है। समूचा भक्तिकाव्य गीतिकाव्य के सूक्ष्मतम रेशों से बुना गया है। विद्यापति अपनी गीतात्मकता के कारण अमरत्व के अधिकारी माने जाते हैं।

आचार्य रामचन्द्र शुक्ल कहा करते थे कि नाद-सौन्दर्य से कविता की उम्र बढ़ती है। यदि आज कबीर, सूर, तुलसी, मीरा इत्यादि कर्नाटक संगीत तक पहुँच गए हैं तो इसका श्रेय गेयता एवं संगीतात्मकता को ही जाता है। इसके बरक्स आज के घोर गद्यात्मक कवि जन-मन तक कितनी पहुँच रख रहे हैं यह कहने की जरूरत नहीं। गीत विधा की शक्ति को पहचानकर ही आधुनिक काल के प्रायः हर बड़े कवि ने इस दिशा में अपनी अभिरुचि प्रदर्शित की। भारतेन्दु हरिश्चन्द्र, श्रीधर पाठक, रामनरेश त्रिपाठी, मैथिलीशरण गुप्त, जयशंकर प्रसाद, निराला, पन्त, महादेवी वर्मा, रामकुमार वर्मा, हरिवंशराय 'बच्चन', रामधारी सिंह 'दिनकर', गोपाल सिंह 'नेपाली', शंभूनाथ सिंह इत्यादि उत्कृष्ट गीतकार भी रहे हैं। 'माया राग' की सर्जक माया गोविन्द ने इन सारे गीतकारों को भलीभाँति पढ़ा है। वे हिन्दी गीतिपरम्परा से विधिवत् परिचित हैं। यही कारण है कि उन्हें साहित्यिक और फिल्मी दोनों ही तरह के गीत लेखन में विशेष सफलता मिली है।

'माया राग' गीतकार माया गोविन्द के गीतों का संकलन है। इन गीतों में कवयित्री की अन्तरंगता, विरह, व्यथा, लोकजीवन की धड़कन, प्रकृति के बहुरंगी चित्र, वैयक्तिक एवं सामूहिक चिन्तन के चिह्नचक्र, नारी मन की बहुविध गतिविधियाँ तथा नियति के खेल का बड़ा ही मर्मस्पर्शी चित्रण हुआ है। पहले ही गीत में कवयित्री ने जीवनानुभवों से सीखने की बात कही है। उसका कथन है कि हमारे मन की गुफाओं में पूरा सूरज है जबकि हम धूप के एक टुकड़े को तरसते रहे थे। अतः देर से ही सही जिन्दगी ने जीने का ढंग सिखा दिया। इसके बाद 'ऐसी लागी मोरे मन में अगन', 'बिजलियाँ लेके सावन नयन में बसा', 'तुमने अर्थहीन बात की, जैसे गीतों में आत्यंतिक लगाव को इस प्रकार व्यक्त किया गया है–

मुझे पलकों की छत दे दो,
मुझे दिल का मकान दे दो।
मेरे गीतों से विवाह करके,
मेरे गीतों को जुबान दे दो।

माया गोविन्द के गीतों में प्रत्येक अनुभव के लिए दरवाजा खुला है। यहाँ कुछ भी निषिद्ध या वर्जित नहीं है। यहाँ गीत सबका समाहार कर लेते हैं–स्मृति का भी, वर्तमान का भी, स्वप्न का भी। कवयित्री ने 'गौना' शीर्षक से बड़ा ही मार्मिक गीत रचा है। इस गीत में कवयित्री ने लौकिक सम्बन्ध और प्राकृतिक उपादानों के मध्य गजब का सादृश्य प्रस्तुत किया है–

भोर वहाँ कुल वधुओं जैसी, दोपहरी राधा सी,
संध्या लगे साध्वी सीता, रात लगे रम्भा सी।
सास लगे गीता सी पावन, ससुर लगे रामायण
सेजिया लागे कर्मयोग सी, प्रीत लगे वृन्दावन
साँस लगे ज्यूँ चन्दन धूनी, पाहुन लगे उमरिया।

इस तरह कवयित्री एक आदर्श प्रेम नगरिया की कल्पना करती है जहाँ सारे सम्बन्ध नई परिभाषा पा सकेंगे। यह लौकिक संवेदना को अलौकिक चेतना में रूपान्तरित करनेवाला गीत है। इस तरह 'इंसान टूटते देखा', 'तुम गरल को कंठ में ही झेल जाना', 'जीवन तो गिरवी है, मौत की तिजोरी में' तथा 'जीवन के सौदागर बोल' जैसे गीत समसामयिक जीवन और मनुष्यता के दुख का संस्पर्श करते हैं। इसी तरह अनुभूति की तीव्रता और शिल्पगत प्रगीतात्मकता के कारण 'जो प्यास में पलती है' शीर्षक गीत विशेष रूप से प्रभावी बन पड़ा है। विवेच्य गीत में लयात्मकता संगीतात्मक तरलता उत्पन्न करती है। मायाजी ने बड़ी सहजता से गीत की मार्मिक परिभाषा प्रस्तुत कर दी है–

जो प्यास में पलती है उसे प्रीत कहेंगे।
जो हार के मिलती है उसे जीत कहेंगे।
जो वक्त पे काम आए उसे मीत कहेंगे
जो मर्म को छू जाए उसे गीत कहेंगे।

इस क्रम में 'चाँदनी रो नहाऊँगी' शीर्षक गीत जीवनोत्सव का गीत बन गया है जिससे स्त्री-पुरुष सम्बन्ध लौकिकता का अतिक्रमण कर जाते हैं। इस संकलन के अधिकांश गीत आन्तरिक वेदना, प्रेम, तड़प तथा मानवीय सम्बन्धों की आत्मीयता को व्यंजित करते हैं। इनमें सौन्दर्यबोध तथा मानवीय प्रणय की स्वस्थ एवं मार्मिक झाँकी मिलती है। कवयित्री ने यदि 'भाग्य की लकीर' शीर्षक गीत में नियतिवादी सोच को प्रश्रय दिया है तो 'पंछी तू कैसा भरमाया' में जीवन की निस्सारता का गान किया है। मायाजी ने 'पीड़ा के आँगन में' नारी जीवन की सम्पूर्ण व्यथा-कथा को

वाणी दी है। वह आज के नारी विमर्श के मुहावरे में नहीं बल्कि आन्तरिक संलग्नता तथा गहरे दायित्व बोध के बल पर युगों-युगों से प्रताड़ित अबला जाति के प्रति अपनी अशेष संवेदना उलीच देती हैं। वह नारी के सभी रूपों–बेटी, प्रेयसी, पत्नी, माँ के अदृश्य और अनकहे दुख का बड़ा ही व्यंजक चित्र प्रस्तुत करती हैं। मायाजी ने बड़े ही साहस के साथ 'मैं बिरहा की आकुल बेला' शीर्षक गीत में स्त्री-पुरुष सम्बन्धों पर दो-टूक शैली में जिरह की है।

'माया राग' के गीतों की विषयवस्तु वैविध्यपूर्ण है। इनमें एक जादुई सम्मोहन, आकर्षण और चमत्कारी प्रभाव है। साथ ही समाज की विसंगतियों, विडम्बनाओं, विद्रूपताओं और राजनीतिक, धार्मिक लफ्फाजियों का पर्दाफाश भी है। इस दृष्टि से 'पूरब-पश्चिम, उत्तर-दक्षिण' शीर्षक गीत विशेष रूप से उल्लेख्य है जिसमें वर्तमान दौर के हर मनुष्य को अपने-अपने राम का संधान करते हुए दिखलाया गया है। गीतकार की दृष्टि में राम एक विराट-चेतना हैं और रावणपन मनुष्यजाति के खून में है। यही कारण है कि रावणत्व पूर्णतः समाप्त नहीं हो रहा–

राम न हिन्दू राम न मुस्लिम
ना वो सिक्ख ईसाई है
राम तो है बस एक चेतना,
हर प्राणी में समाई है।
रावण को हर साल जलाया,
फिर भी रावण जला नहीं।
इसका मतलब है रावणपन,
अभी खून से मिटा नहीं।

इस तरह माया गोविन्द के पास जो निरपेक्ष और वीतरागी दृष्टि है वह एक संवेदनशील शुद्ध गीतकार की है। इसमें जो क्षोभ और आक्रोश है, जो वेदना है, जो तार्किकता और हस्तक्षेप है, जो दृष्टि और चेतना है वह गीतकार और मनुष्य दोनों को बड़ा बनाती है। इस संकलन के कतिपय गीत मसलन 'आई फिर होली', 'मेघ तुम्हारी यादों के', 'पुरवा के नाम', 'सावन ले अँगड़ाई' तथा 'नाच गये मोर' में प्रकृति, जीवन एवं जैव मनोविज्ञान के अन्तरावलंबन का सहज चित्र खींचा गया है। इन गीतों में प्रकृति की नाना रूपात्मक छवि अनुभव प्रत्यक्ष बनकर प्रकट हुई है।

इसी क्रम में मायाजी का सर्वाधिक मार्मिक गीत 'अगले जनम मोहे

बिटिया न कीजो' आता है जिसमें भारतीय समाज में बेटी होने की त्रासदी को बड़े ही मर्मवेधक एवं गहरे रूप में प्रस्तुत किया है। यह गीत 'श्याम बेनेगल' द्वारा निर्देशित एवं वनराज भाटिया द्वारा संगीतबद्ध सामाजिक चेतना वाली फिल्म 'हरी-भरी' में एक दशक पूर्व आ चुका है। आखिर इस क्रूर समाज में बेटी होने की वेदना ही कितना त्रासद अहसास जगाती है तभी तो उसे–

अगले जनम मोहे बिटिया न कीजो।
कीजो तो जल्दी उठाय मोहे लीजो।

इस तरह नारी की पुंजीभूत करुणा एवं त्रासदी को मायाजी ने अत्यन्त मर्मस्पर्शी बनाकर प्रस्तुत किया है। संकलन के अन्त में रुक्मणी-कृष्ण संवाद, बिन राधा कृष्ण आधा, कृष्ण ही कृष्ण गाते रहेंगे, नाता अमर रहे जैसे आध्यात्मिक गीत भी हैं जिनके पाठ से पाठकीय मन का, उन्नयन होता है। संक्षेप में 'माया राग' माया गोविन्द के बहुरंगी गीतों का ऐसा मनोहर गुलदस्ता है जिससे हिन्दी संसार सुवासित हो उठेगा।

–डॉ. करुणा शंकर उपाध्याय
प्राध्यापक, हिन्दी विभाग,
मुम्बई विश्वविद्यालय, मुम्बई-400 098

मैं और माया राग

जब सन्नाटा बना पहरुआ, मेरे द्वार सदा देता है।
तभी उधर से आकुल शिशु-सा कोई गीत जन्म लेता है।

मेरे अन्तर से उभरे ये शब्द, मेरे अनुभवों की पांडुलिपियाँ हैं। मेरे ये गीत मेरे हृदय की गति और भावनाएँ जब स्वर बनकर गुनगुनाईं तब एक रागात्मकता लिये हुए गीत प्रकटे। माया राग, यह शीर्षक, वार्तालाप करते-करते अचानक श्री अशोक चक्रधर जी के मुख से निकला तो सभी के मुख से एक साथ निकला—बिलकुल सही शीर्षक इस पुस्तक का। यही है।

मैंने खुद को टटोला, आँका, फिर लगा कि सही है—मेरे तमाम गीत मानस पटल पर चित्र बिम्ब की तरह तैरते उतराते रहे। मुझे लगा सातों स्वरों के अन्दर कितनी ही राग-रागनियाँ निहित हैं। मेरे गीत भी रागों से बँधने लगे।

और मुझे यह नाम भा गया। ये राग मेरा अपना है। ये सारे गीत सच बोलते हैं। मुझसे परे। जो भी जीवन में मेरे अनुभव हैं उन्हें मैंने पूरी ईमानदारी के साथ इन गीतों में पिरोया है। इनमें दर्द है, निराशा है—आशा है, शृंगार है, मिलन है—वैराग्य है। जैसे भरी बारिश में खुद को छाते में छुपाने की असहाय-असफल कोशिश की जाती है—उसी प्रकार मेरे गीत कभी अधरों पर, कभी आँखों में, कभी हृदय में, कुछ बुदबुदाते और मैं उन्हें बाहर लाने की कोशिश में इन्हें भिगो बैठी। भीगे-भीगे से मिटते सुधरते गीत, व्याकुलता से भरे—ये गीत जब मेरी लेखनी को पकड़कर कागजों में अपनी पनाह लेने लगे तो तसल्ली हुई।

और मैंने इन्हें सँजोकर एक जगह एकत्रित किया। मन चाहा उस दर्द को हल्का करने के लिए इन्हें पाठकों के सामने लाऊँ—कोई एक भी गीत-प्रयास मुझे सांत्वना के दो शब्द दिला दे तो मैं इस दर्द को बाँटकर, कुछ मन को हल्का अवश्य कर लूँगी।

मेरे गीत कला और विज्ञान का सम्मिश्रण हैं। एक छटपटाहट है–उनका निदान तो पाठकों को पता ही है। हर संवेदनशील व्यक्ति इसे पढ़ेगा–गुनेगा तो करुणा या तरस खाने को भूलकर–इन्हें दुलराएगा और स्नेह देगा। घावों का मरहम बनकर इन्हें तन्हाइयों से उबारकर–आराम देगा। मेरे टूटे स्वप्न जुड़ जाएँगे–'माया राग' केवल कोमल स्वरों का राग न होकर शुद्ध स्वरों का भी समावेश कर सकेगा।

मैं आभारी हूँ–श्री बालकवि बैरागी जी की जिन्होंने मेरे गीत रागों को मिश्री कहकर मुझमें मिठास भर दी।

आदरणीय डॉ. करुणा शंकर उपाध्याय जी ने भी जो करुणा की है 'भूमिका' लिखकर–आभार उनकी करुणा का। श्री अशोक महेश्वरी जी ने तो इन बिखरे रागों को समेटकर किताब का स्वरूप दिया–उसमें रंग भर दिए। मैं उनकी अत्यन्त ऋणी हूँ।

बाकी आप पाठकों पर। मेरे गीतों से कई गीत तो बहुत सुने गए मंचों पर, लोकप्रियता भी प्राप्त की उन्होंने। ये मेरे प्रतिनिधि गीत हैं जिन्हें एकत्रित करके–आप तक पहुँचाने का सौभाग्य मिला है मुझे।

धन्यवाद,

विनती के साथ
–माया गोविन्द

अनुक्रम

पूरा सूरज 9

ऐसी लागी मोरे मन में अगन 11

बिजलियाँ लेके सावन नयन में बसा 13

तुमने अर्थहीन बात की 15

मुझे पलकों की छत दे दो 17

बिन फागुन उड़ रहा गुलाल 19

सिन्दूर चढ़ाऊँ या मिट्टी 21

गौना 23

इन्सान टूटते देखा 24

तुम गरल को कंठ में ही झेल जाना 26

जीवन तो गिरवी है, मौत की तिजोरी में 28

जीवन के सौदागर बोल 30

जो प्यास में पलती है 32

चाँदनी से नहाऊँगी 34

मन हो गया घुंघरू 36

आँसू की सन्तान हूँ 38

नैनों में होली है 40

दर्द गीत बन गए 42

सपना जले नहीं 44

बता तो जानूँ? 46

मेरे बादल परदेसी चरवाहे हैं 48

सपनों की दुकान पर 49

डाकिया 51

काँटे सहते सहते 53

साज़ हाथों में दो 55

घटा की नज़र 57

अतीत गुनगुनाएँ 59

वो प्यार की पहेली है 61

मुट्ठी में बन्द रहा चन्द्रमा 63

हम ना बीते 65

भाग्य की लकीर 67

चन्द्र-किरण से नैन-गगन तक 69

सन्देश न आया रे 70

सौदा 72

वासना 73

पंछी तू कैसा भरमाया 75

पीड़ा के आँगन में 76

बिंदिया बना के 83

रेशमी रात है 85

मैं बिरहा की आकुल बेला 87

सूरज बुझा दूँगी मैं 89

पूरब पश्चिम उत्तर दक्षिण 93

आई फिर होली 98

मेघ तुम्हारी यादों के 102

पुरवा के नाम 103

होली 105

सावन ले अँगड़ाई 107

तुम मौन हो 108
मंज़िल मिल जाती 110
वंशी की गुंजन में 111
मैं मधुमय जीवन क्या जानूँ? 112
तुम चन्दनवन, मैं मेहँदीवन 114
मेरी सुधियों के पाले हैं 115
117 अगले जनम मोहे बिटिया न कीजो
118 कहो श्याम मेरे
121 बिन राधा कृष्ण आधा
125 बिंदिया
129 कृष्ण ही कृष्ण गाते रहेंगे
131 प्यार है अमृत-कलश

पूरा सूरज

धूप के एक टुकड़े को तरसे थे हम,
पूरा सूरज ही मन की गुफाओं में है।
अब इन आँखों में काजल का क्या काम है?
जब सँवरिया का चेहरा निगाहों में है।

ज़िन्दगी से मुझे तो बहुत कुछ मिला
ढंग जीने का आया, मगर देर से
जितना जोड़ो घटे, जितना बाँटो मिले
ये गणित-ज्ञान पाया, मगर देर से।

जग की सम्पत्ति-जागीर का क्या करूँ?
'नीलमणि' मेरी पलकों की छाँवों में है॥

अब हो पतझर या सावन, ये चिन्ता नहीं
अब तो मौसम की चाभी, मेरे हाथ है,
अब हो जलता मरूथल या बर्फीले पथ
मेरे क़दमों ने दे दी उन्हें मात है।

मुझको ख़ुशबू कहीं से चुरानी नहीं
पूरा मधुबन ही मेरी पनाहों में है।

ना मैं जोगन हूँ और ना मैं हूँ साधिका
मैं न मीरा दीवानी, न हूँ राधिका

चेतना प्राप्त करके अचेतन हूँ मैं
कोई परिणाम हो, बस निवेदन हूँ मैं।

आरती का दिया बन गई हूँ स्वयं
भावना का भजन मेरी चाहों में है॥

जो अतीतों के पिंजर ही पढ़ते रहे
वो चढ़ी सीढ़ियों से उतरते रहे।
आग में जो तपा, शुद्ध वो हो गया
जो कमल बन जिया, बुद्ध वो हो गया।

अब न दुःख हीन है, अब न सुख क्षीण है
अब तो आनन्द-लहर, मेरे पाँवों में है॥

वेद भी ना पढ़े, ना समाधी लगी
फिर भी सब भेद पल में सरल हो गए
आँसुओं का समन्दर था सूखा पड़ा।
प्रेम-जल बनके नैना, सजल हो गए।

सारे प्रश्नों के उत्तर मुझे मिल गए
कृष्ण ही कृष्ण अन्तर-ऋचाओं में है॥

ऐसी लागी मोरे मन में अगन

ऐसी लागी मोरे मन में अगन
मैंने सारी उम्र कर दी हवन!
रेत जैसी हो गई है ज़िन्दगी,
मैंने आँसुओं के किए आचमन!

मेरी सुबह नहीं होती है मेरी शाम नहीं होती है
बिन काँटों के कोई भी डगर, मेरे नाम नहीं होती है।
फूल कर लिये किसी ने ग़बन!
मैंने सारी...!!

एक पत्थर का बोलो अहसास से क्या रिश्ता?
बिन पंख परिन्दों का आकाश से क्या रिश्ता?
परछाईं से भी हुई है अनबन!
मैंने सारी...!!

एक दिन मेरी साँसों की सरगम खो जाएगी
तनहाई मुझे खोकर तनहा हो जाएगी।
जब चेतना हो जाएगी हिरन!
मैंने सारी...!!

जब चाँदनी उतारी मन में तो ये धूप मुझपे जलने लगी
जब धूप को समेटने चली वो सियाहियों में ढलने लगी।
धराशायी हुए स्वप्न के भवन!

मैंने सारी...!!

अज्ञात संस्कृति की, तस्करी हो रही है
जो अपनी विरासत थी, अधमरी हो रही है।
सभ्यता ने ओढ़ लिया है क़फ़न—
मैंने सारी...!!

रिश्तों की साज़िश ने, जी भर के हँसाया है
मुझको संत्रासों ने, अनमोल बनाया है।
चिनगारियाँ भी लगे चन्दन
मैंने सारी...!!

मेरे दिल का दाग़ गहरा इस तरह चमकता है
उजड़ी बस्ती में ज्यूँ, कोई दीपक जलता है,
जैसे जोगी करे सूने में मनन—
मैंने सारी...!!

यहाँ सब कुछ पाकर भी, मैंने कुछ भी नहीं पाया
यही कथा है जीवन की, बस शून्य हाथ आया।
बाक़ी बचा चन्द साँसों का वज़न—
मैंने सारी...!!

बिजलियाँ लेके सावन नयन में बसा

बिजलियाँ लेके सावन नयन में बसा,
बारिशें यूँ हुईं मेरा काजल गया।
मुझको काजल का तो, कोई ग़म ही नहीं,
ग़म तो ये है कि सपना मेरा जल गया ॥

ज़ुल्म पे ज़ुल्म सहके मैं हँसती रही,
मेरी ये ही अदा उसको खलती रही।
मैंने जिसके लिए तन हवन कर दिया,
उसने मेरा दुपट्टा क़फ़न कर दिया।
आस्था ने मेरी ख़ुदकुशी की तो कब?
जब मेरा रहनुमा ही मुझे छल गया।
बिजलियाँ ले के सावन नयन में बसा...

मेरी तक़दीर के कितने टुकड़े हुए,
इन लकीरों में मैं ढूँढ़ती रह गई।
मेरी साँसों का ईंधन सुलगता रहा,
मन का जलता शहर देखती रह गई ॥
मैं निमंत्रण बहारों को क्या भेजती?
हर महूरत निकाला मगर टल गया।
बिजलियाँ ले के सावन नयन में बसा...।

हों उजाले बड़े क़ीमती ही सही,
पर अँधेरों की महिमा भी घटती नहीं।

उसके चेहरे की वो बेवफ़ा झलकियाँ,
कितना अच्छा हुआ मैंने देखी नहीं॥
मेरे वन्दन के स्वर जैसे क्रन्दन हुए,
मेरे संकल्प का श्रम भी निष्फल गया।
बिजलियाँ ले के सावन नयन में बसा...।

तुमने अर्थहीन बात की

तुमने अर्थहीन बात की,
अर्थ का अनर्थ कर दिया।
चारों ओर बस धुआँ ही था,
वो ना फिर मिला, जो जल गया॥

चाँद को मैं क्या निहारती?
आँसुओं से नयन भर गए।
सपनों को मैं क्या सँवारती?
बूँद-बूँद बन बिखर गए।
चाँदनी तो पी सके न हम,
तुमने विष दिया वही पिया।
तुमने अर्थहीन बात की,
अर्थ का अनर्थ कर दिया॥

उड़ रहे थे तुम गगन-गगन,
टूटकर ज़मीन हो गए।
तुम तो वेद से पवित्र थे,
संस्कारहीन हो गए।
आस्था की मूर्ति तोड़ दी,
जो न करना था, वही किया।
तुमने अर्थहीन बात की,
अर्थ का अनर्थ कर दिया॥

मेरा आईना बने थे तुम,
तेरा आईना बने थे हम।
लेके संग प्रेम का दिया,
दो क़दम ही बस चले थे हम ॥
जाने कब वो टूटे आईने,
कब बुझा वो प्रेम का दिया।
तुमने अर्थहीन बात की,
अर्थ का अनर्थ कर दिया ॥

हम बहुत उदास थे कभी,
शोक का लिबास थे कभी।
तुमने इक हँसी उधार दी,
ज़िन्दगी में आई ज़िन्दगी ॥
हम तुम्हारे क़र्ज़दार थे,
इसलिए ये वार सह लिया।
तुमने अर्थहीन बात की,
अर्थ का अनर्थ कर दिया ॥

तुमको था शिकार का जुनूँ,
और हमें था प्यार का जुनूँ।
तुमने तीर को चला दिया,
हमने अपना दिल बढ़ा दिया ॥
देख ले कहीं न ये जहाँ,
हमने ज़ख़्म दिल पे ले लिया।
तुमने अर्थहीन बात की,
अर्थ का अनर्थ कर दिया ॥

मुझे पलकों की छत दे दो

मुझे पलकों की छत दे दो,
मुझे दिल का मकान दे दो।
मेरे गीतों से विवाह करके,
मेरे गीतों को ज़ुबान दे दो॥

जाने कितनी चिट्ठी लाया सरकारी डाकिया।
एक भी सन्देशा तेरा, लाया नहीं बैरिया॥
मेहँदी के पौधे बड़े हुए मेरे सामने।
कितनी मुँडेरों को लगी है धूप थामने।

तुम थाम के मेरा हाथ, इक नई पहचान दे दो।
मेरे गीतों को ज़ुबान दे दो।

मेरे संग-संग तेरी यादों के उजाले हैं।
टूटने को आस बची, फूटने को छाले हैं॥
ख़्वाबों के ये पंखहीन पंछी मैंने पाले हैं।
आँसू ही पिला के अब तलक, सँभाले हैं॥

इन्हें प्रेम-पंख देकर, इक लम्बी सी उड़ान दे दो।
मेरे गीतों को ज़ुबान दे दो॥

चारसू अँधेरा है, न कोई कन्दील है।
डूबने को बस, बदनामी की ये झील है॥

मुंसिफ़ है भाग्य मेरा, कोई न वकील है।
प्यार है क़ुसूरवार, कैसी ये दलील है?

दुनिया की अदालत में, मेरे पक्ष में बयान दे दो।
मेरे गीतों को ज़ुबान दे दो।

घटा से ये कह दो न, आज कंजूस हो।
मन के मरुस्थल में सावन का जुलूस हो॥
मिन्नतें हज़ार की हैं, लहरों से लिपट के।
प्यास के चिनार बोए मैंने सूखे तट पे॥

मैंने इनको ज़मीन दे दी, तुम इन्हें आसमान दे दो।
मेरे गीतों को ज़ुबान दे दो॥

रिश्तों और नातों की ज़ंजीर मैंने तोड़ दी।
देख मँझधार में ही नाव मैंने छोड़ दी॥
तेरे लिए मैंने पूरी ज़िन्दगी ही मोड़ दी।
अच्छी-ख़ासी नौकरी भी, तेरे लिए छोड़ दी॥

मुझे ज़िन्दगी बिताने को, मुस्कान एक दान दे दो।
मेरे गीतों को ज़ुबान दे दो॥

बिन फागुन उड़ रहा गुलाल

बेरी के काँटों के बीच
कदली के पातों-सा मन
चटकीली चिटकी है धूप
तिस पर झकझोरता पवन!

किरणों के पल्लू में काजल के बूटे
तन ही उजियारे की सीमा
बिन कारण जलता है सपनों का ईंधन
फैलता धुआँ धीमा-धीमा
बिन फागुन उड़ रहा गुलाल
काँपता अबीर भरा तन!

युग पर युग बीते पर परछाईं
अब तक बढ़ती आती है
शीशे के पिंजरे में शीशे की कोयलिया,
होंठ जमें, पर गाती है
सोना तन, चाँदी का घाव
ऊपर से हीरे की छुवन!

झूम उठा गुलमोहर, अमलतास फूल उठा,
अभिशापित डाल है बबूल की
तन्द्रा में पाया कुछ, तन्द्रा में खोया कुछ,
हमने तो बोलो क्या-क्या भूल की?

सावन तो था मौसम का बचपन
फागुन जैसे चौथापन!

बेरी के काँटों के बीच
कदली के पातों-सा मन!

सिन्दूर चढ़ाऊँ या मिट्‌टी

तुम एक बार प्रिय आ जाओ तो आँचल भर सुहाग ओढ़ूँ
काजल आँजूँ, पायल बाँधूँ, दृग में झाँकूँ, दर्पण तोड़ूँ।

आशाएँ अलख जगाती हैं बीमार कल्पना के द्वारे
अधरों ने बन्द किवाड़ किए नैना जीते बैना हारे
कोलाहल के बाज़ारों में वन्दन के छन्द बिके सारे
ननदी जैसी नटखट सन्ध्या, भर-भर सेन्दुर ताने मारे।
तुम मेरा सम्बोधन बर लो, मैं टूटा चन्दन तन जोड़ूँ।
तुम एक बार प्रिय...।

कलियाँ चिटकें डाली लचके माली विहँसे भँवरे झूमें
भँवरों के पंख पराग पगे माली कलियाँ तोड़े चूमें
इक रसिक और इक व्यापारी इक लूटे इक बेचे ऋतुएँ
सम्मान सहित मुरझा जाती मैं खिलती अगर किसी वन में।

तुम पवन बनो मुझको छू लो मैं जूठी पंखुरियाँ तोड़ूँ।
तुम एक बार प्रिय...।

तेरे-मेरे इसके-उसके नाते-रिश्ते सब बँटे हुए
ये कुछ कहता वो कुछ कहता बोलें अक्षर सब रटे हुए
झूठे सपने कब तक देखूँ, डोली से साजन सटे हुए
घबराकर उड़ना भी चाहूँ तो पंख हमारे कटे हुए।

अधरों पर तुम आकाश धरो तो अँखियों के विष-घट फोड़ूँ।
तुम एक बार प्रिय...।

सिन्दूर चढ़ाऊँ या मिट्टी दोनों के नियम एक से हैं
घूँघट में मुखड़ा छिपता है चूनर और क़फ़न एक से हैं
इस डोली और उस डोली के चढ़ने के शगुन एक से हैं
दो बार आठ पग साथ चले आठों के चलन एक से हैं।

तुम मन मधुवन का पथ दे दो तो मैं तन का मरघट छोड़ूँ।
तुम एक बार प्रिय आ जाओ...।

गौना

मैं तो जाऊँ प्रेम नगरिया
केसर-क्यारी लगे अटारी फूलन भरी डगरिया।

देवर जैसे नैन हमारे, भाभी जैसे सपने
भैया जैसा मनवाँ मोरा, लागें सभी जन अपने।
सखियों जैसी पायल मोरी, बहनों जैसे कँगना
बाबुल जैसी देहरी लागे, भइया जैसा अँगना।
सैयाँ लागे प्राण सरीखे, ननदी-सी चुनरिया।

माँग लगे फागुन के जैसी, जल तरंग सी चूड़ियाँ
नदिया-सी अँगड़ाई लागे, अधर कमर पंखुड़ियाँ।
अंग-अंग ईंगुर-सा लागे, ऋतु बसन्त सी चोली
शकुन्तला-सा लगे समर्पण, लागे मिलन रंगोली।
बरखा लागे खनक मँजीरे, मादल लगे बयरिया।

भोर वहाँ कुल वधुओं जैसी, दोपहरी राधा-सी
सन्ध्या लागे साध्वी सीता, रात लगे, रम्भा-सी।
सास लगे गीता-सी पावन, ससुर लगे रामायण
सेजिया लागे कर्मयोग सी, प्रीत लगे वृन्दावन
साँस लगे ज्यूँ चन्दन धूनी, पाहुन लगे उमरिया।

इन्सान टूटते देखा

तुम मुझे प्यार की क़सम मत दो
मैंने इन्सान टूटते देखा।

आँसुओं के बने घरौंदों में
मैंने बेचैन चेतना देखी
साँस की डालियों पे बिन पंखी,
मैंने बुलबुल की वेदना देखी।
पर्वतो राह मेरी मत रोको
मैंने हर मोड़ बहकते देखा।

प्राण की अलगनी पे कितने ही
मैंने भीगे हुए अरमाँ टाँके
हर किरण धूप की आई लेकिन
सीली आहों से जिस्म को ढाँके
बादलो आज मुझे मत टोको
चाँद पीतल का चमकते देखा।

मैंने बचपन के खिलौने तोड़े
हसरतों में बहार झूमी है
जब बुढ़ापे की बात आई तो
हर नज़र ने ज़मीन चूमी है
ऐ नज़ारो मुझे न ललचाओ
मैंने दर्पन को चिटकते देखा।

तुम घटाओं में छुप के आए थे
आँख में आँज गए थे काजल
प्रीत ने होंठ पे धर ली वंशी
और हवाओं के हाथ थी मादल।
अब नहीं आँख मिलाना मुझसे
मैंने मधुबन को डूबते देखा।

आज कितने ही कृष्ण बन फिरते
कोई भी सारथी नहीं होता
इन दीवानों को कौन समझाए
हर धुआँ आरती नहीं होता।
अब चिताओं का स्वांग छोड़ो भी
मैंने ज़ख़्मों को सुलगते देखा।

तुम गरल को कंठ में ही झेल जाना

मैं क्षितिज के छोर पर तुमसे मिलूँगी
तुम सितारों की डगर से मीत आना।
चिर मिलन की बात मत कहना किसी से
उर-लहर की ताल पर कुछ गुनगुनाना।

जब गगन को नींद आ जाए सुहानी
वक़्त की हर साँस हो जाए पुरानी
हर चिता की गर्त में एक फूल चिटके
रूप के अरमान पे पड़ जाए पानी।

मैं घटा के रंग से सौदा करूँगी
तुम पहर की आँख से काजल चुराना।

कल्पना की गोद में जब कल्पना हो
मूक अधरों पर झरी अभिव्यंजना हो
साँवली परछाइयों के दीप झिलमिल
और बुझे विश्वास पर मन्दिर बना हो।

मैं विधाता की नई मूरत गढ़ूँगी
तुम सृजन की बाँसुरी के स्वर मिलाना।

बन्धनों के पाँव में बन्धन जकड़कर
नींद के एक वृत्त में रखना सँजोकर

व्यर्थ पत्थर की शिला पर चिह्न पथ के
तुम चले आना अधर की नाव चढ़कर।

मैं सुराही में सुधा बूँदें भरूँगी
तुम गरल को कंठ में ही झेल जाना।

जीवन तो गिरवी है, मौत की तिजोरी में

जीवन तो गिरवी है, मौत की तिजोरी में
सपनों का क़र्ज़ और फिर मैंने ले लिया।
चन्दन की बाँहों में चिटकेगी एक देह
चन्दन-सी बाँहों को सम्बल फिर दे दिया।

जब मैंने आँगन में चाँद को उतारा था
बादल की पंखुरियाँ किरनों पर निखरी थीं
चाँदी के पानी में नीलम की मछली थी
मछुओं की डोरी दो कजरारी बिखरी थीं।
सैनन में कंचन से नीलम का मोल हुआ
सौदागर पक्का था कंचन-तन ले लिया।

मूँगे के अधरों पर चुम्बन अंगारों के
साँसों में मेहँदी के पातों की गन्ध थी
सेन्दुर के फूलों को आँचल में टाँका था
प्रीतम की परछाईं मुट्ठी में बन्द थी।
तन छूकर देखा तो मिट्टी ही मिट्टी थी
मिट्टी के मन्दिर में जलता था एक दिया।

मैं बहके-बहके इन क़दमों से पूछ रही
तुमको तो राहों ने कई बार रोका था
काँटों ने रोका था पर्वत ने रोका था
टूटकर सितारों ने कई बार टोका था

तुम भ्रम की दुलहन की आकृति में खोए थे
        चूनर की ओट से क़फ़न तुमने ले लिया।

मन्दिर और मस्जिद, गुरुद्वारे और गिरिजाघर
पाप के इशारे पर तुमने बनवाए थे
सच्चाई बाँटी थी झूठ को सँजोया था
उपदेशों के पोथे तुमने लिखवाए थे।
ईश्वर के धोखे में पाप यहाँ पुजता है
        चरणामृत के बदले विष तुमने दे दिया।

कोई कुछ कहता है कोई कुछ सुनता है
बस इतनी बात में फ़साने बन जाते हैं
कभी-कभी ऐसा भी होता है कजरारे
सावन के बादल बिन सावन घिर आते हैं
सब ऋतुएँ सस्ती हैं फागुन ही महँगा है
        बेचकर उमर सारी फागुन रंग ले लिया।

जीवन के सौदागर बोल

जीवन के सौदागर बोल,
मिट्टी का क्या होगा मोल?

गूँधी किसी कुम्हार ने–
पीड़ा भरी दुलार में–
सात समन्दर पार थी
नौ गज़ की दीवार थी
पाँच चादरों का था खोल!
मिट्टी का क्या होगा मोल?

सीले आँगन में आए
धूप भरे उजले साए
मौन अलगनी टूट गई
डोर पलक की छूट गई
बचपन तुतलाए कुछ बोल!
मिट्टी का क्या होगा मोल?

दर्पन जब देखे दर्पन
सुलगे अंगारों-सा तन
कुंकुम आँखों में डाले
माथे पर काजल घाले
यौवन कहे किवाड़ें खोल!
मिट्टी का क्या होगा मोल?

बिखरा तन है साँस चढ़ी,
चितवन की जब फाँस गड़ी
तन्द्रिल रूप-चकोर है
रजनी है कि भोर है?
नैना रहे सितारे तोल!
मिट्टी का क्या होगा मोल?

लाजों की डोली चढ़कर
गोरी पहुँची पी के घर
बाँहों में एक क्यारी थी
सोनजुही की बारी थी
गन्धी दे कस्तूरी घोल!
मिट्टी का क्या होगा मोल?

समय पतंग उड़ाते हैं
कुछ खोते कुछ पाते हैं
चेहरे पे मकड़ी जाला
नैनों में मोती छाला
क़फ़न समेटे तन का झोल!
मिट्टी का क्या होगा मोल?

सौदागर ये मिट्टी ले
गिट्टी का कण कण गिन दे
बात मेरी सब सच्ची है
ये कच्ची की कच्ची है
सस्ते में बेचूँ अनमोल!
मिट्टी का क्या होगा मोल?

जो प्यास में पलती है

जो प्यास में पलती है उसे प्रीत कहेंगे।
जो हार के मिलती है उसे जीत कहेंगे॥
जो वक़्त पे काम आए उसे मीत कहेंगे।
जो मर्म को छू जाए उसे गीत कहेंगे॥

पहले था नाद, नाद से स्वर, स्वर से बने गान।
कहते हैं सामवेद में संगीत है भगवान॥
जो दर्द में बन जाते थे सुख-शान्ति का सामान।
वो गीत खो गए बचा है शोर का जहान॥
उत्तेजना न दे, जो दे बस प्रेम का वरदान।
हम तो उसी संगीत को संगीत कहेंगे॥
जो प्यास में पलती है उसे प्रीत कहेंगे...

आँखों में एहतियात से महफ़ूज़ हैं आँसू।
बेवक़्त ये आते नहीं कंजूस हैं आँसू॥
यादों के घरौंदों में परेशान हैं आँसू।
बह जाएँ तो दुनिया कहे बेईमान हैं आँसू॥
जो आके न आए, उसे समय का नाम दो।
जो जाके न जाए उसे अतीत कहेंगे॥
जो प्यास में पलती है उसे प्रीत कहेंगे...

वो ख़ुश हैं कि घर लूट के धनवान हो गए।
हम घर लुटा के चैन के मेहमान हो गए॥

सदियों से जो इन्साँ का लहू चाट रहे हैं।
जिस डाल पे बैठे हैं उसे काट रहे हैं॥
जो उनको सज़ा दे उसे पानी न समझिए।
हम ऐसे गुनहगारों को पुनीत कहेंगे॥
जो प्यास में पलती है उसे प्रीत कहेंगे...

तुमसे मेरा एहसास मिटाते न बनेगा।
तुम भूलना चाहो तो भुलाते न बनेगा॥
इतना न आज़माओ कि हम टूट के रह जाएँ।
हम इस तरह जाएँगे बुलाते न बनेगा॥
तड़पोगे, पुकारोगे और हम आ न सकेंगे।
दुनिया-जहाँ वाले हमें व्यतीत कहेंगे॥
जो प्यास में पलती है उसे प्रीत कहेंगे...।

चाँदनी से नहाऊँगी

चाँद साबुन को मल-मलकर चाँदनी से नहाऊँगी
गगन की ओढ़कर चूनर तेरी बाँहों में आऊँगी।
ढले जब शाम आ जाना, पुकारूँ नाम आ जाना॥

ये नयनों के पलंग को मैं उम्मीदों से सजाऊँगी
तुझे फिर साजना पलकों की मैं चादर उढ़ाऊँगी
हृदय का खोलकर पंखा तेरे तन पर डुलाऊँगी
ढले जब शाम आ जाना, पुकारूँ नाम आ जाना।

मैं अपने रूप की गीता तुझे पढ़कर सुनाऊँगी
तुम्हारे देह की ख़ुशबू का मैं चन्दन लगाऊँगी
मुरलिया बन के मैं तेरे अधर पर लेट जाऊँगी
ढले जब शाम आ जाना, पुकारूँ नाम आ जाना।

तुम्हारे प्रीत की मेहँदी मैं साँसों में रचाऊँगी
हज़ारों रंग में सजना तेरे सपने रँगाऊँगी
सुहागन रात आई है तुझे बिंदिया बनाऊँगी
ढले जब शाम आ जाना, पुकारूँ नाम आ जाना।

तू ख़ुद मझधार में छोड़े तो मैं वापस न आऊँगी
मुझे नइया से क्या लेना न मैं पतवार चाहूँगी
किनारा सामने होगा मगर मैं डूब जाऊँगी
ढले जब शाम आ जाना, पुकारूँ नाम आ जाना।

तू ज़िन्दा है तो ज़िन्दा हूँ, मरे तो मर ही जाऊँगी
तू जब-जब भी जनम लेगा मैं उतनी बार आऊँगी
ख़ुदा नाराज़ हो तो ख़ुद नई दुनिया बसाऊँगी
ढले जब शाम आ जाना, पुकारूँ नाम आ जाना।

मन हो गया घुँघरू

मन हो गया है घुँघरू उसे पाके रूबरू
ख़ुद को गवाँ के पाया जिसकी थी जुस्तजू!!

(1)

नफ़रत दिलों-दिलों में है धरती उजड़ गई
विधि के हसीन ख़्वाब की सूरत बिगड़ गई।
वो अपनी रचना देख के हैरान हो गया
शैतान का वजूद है—इन्सान खो गया?

हमने ही बेच डाली, ईश्वर की आबरू
मन हो गया है घुँघरू...!

(2)

ढूँढ़ा कहाँ-कहाँ, वो था अन्तर में ही छुपा
जब ज़िन्दगी फिसल गई रहस्य तब खुला।
छाने थे कितने तीर्थ और कितने किए गुरू
ना पाप धुले और ना जीवन हुआ शुरू।

साँचे पिया से ही न की, इन्साँ ने गुफ़्तगू!
मन हो गया है घुँघरू...!!

(3)

जब तक जिए, संसार की हर चीज़ ने ठगा
आकर्षणों के जाल में जीवन उलझ गया
चेहरों पे थे मुखौटे–पहचान थी कठिन
हाथों से फिसलते गए
अनमोल थे जो दिन।
अपना अहं मिटा तो, हरसू था तू ही तू...
मन हो गया है...

(4)

हर शख़्स की निगाह में
ख़ामोशियाँ मिलीं
हर जश्न की दुकान पे
तनहाइयाँ मिलीं
बेबस दिलों के दर्द से
अनुबन्ध कर लिये
हमने पराए अश्क़ इन,
आँखों में भर लिये!
अब जाके हमने समझा, दीवानों का जुनूँ!
मन हो गया है घुँघरू...!!

आँसू की सन्तान हूँ

अधर मौन नैना जो बोलें–
बस मैं वही बयान हूँ।
आँसू ही पहचान मेरी
मैं आँसू की सन्तान हूँ।
        जीवन जो कंजूस न होता
        तो कितने दिल खिल जाते
        मौत अगर दिलदार न होती
        कितने बिछड़े मिल जाते।
विरह की होती नहीं कल्पना
विरह का गीत नहीं होता
राधा यूँ बन-बन न भटकती
दूर यूँ मीत नहीं होता।
        रो लेने से ज़ख़्म भरें तो
        सारी दुनिया रो लेती
        आँसू मोती होते तो मैं
        मोतियन हार पिरो लेती।
छलिया के छल देख-देखकर मैं कितनी हैरान हूँ।
आँसू ही पहचान मेरी मैं आँसू की सन्तान हूँ॥

गीत के बोझे ढोते-ढोते
मैं वीरानों तक पहुँची
प्यास का लेकर एक कारवाँ
रेगिस्तानों तक पहुँची।

शब्दों की कर-कर के नुमायश
स्याही से सिंगार किया
मुस्कानों की हाट में जाकर
सपनों का व्यापार किया।
गीत भी बेचे, छन्द भी बेचे
और बेचा सम्मान को
जाने किस वरदान की ख़ातिर
बेच दिया वरदान को।
टूटे मन्दिर की दीवारों का मैं एक निशान हूँ।
आँसू ही पहचान मेरी मैं आँसू की सन्तान हूँ॥

टेढ़े-मेढ़े चित्र बनाए
और मिटाए हैं मैंने
पढ़ने से पहले ही प्रिय के
पत्र जलाए हैं मैंने।
कैसे अनुपम चित्र बनाती
गुन-ढंग मुझमें कहीं नहीं
चिट्ठी वो क्या पढ़नी जिसमें
लिखा हुआ हो नहीं, नहीं।
दुख के पत्थर जोड़-जोड़कर
सोचा उसे पहाड़ करूँ
चाँद निचोड़-निचोड़ के चाहा
सूरज कई हज़ार करूँ।
मुट्ठी भर आकाश चुराया, मैं कितनी नादान हूँ।
आँसू ही पहचान मेरी मैं आँसू की सन्तान हूँ॥

नैनों में होली है

बरसों बाद श्याम घर आए, हाथ गुलाल की झोली है
जिन नैनों में सावन था, अब उन नैनों में होली है।

तमस और सीलन में डूबी, अन्तर्मन की दीवारें
ना कोई आहट ना कोई हलचल, अन्तहीन थीं ये राहें।
पहचानी इक आहट सुनकर, मौन का सिंहासन डोला
सहसा, साहस ने करवट ली, कम्पित-स्वर, साजन बोला।
बहुत दिनों के बाद, बन्द कमरे की खिड़की खोली है।
जिन नैनों में सावन था... ॥

चाँद अँगारा-सा लगता था, चिनगारी लगते तारे
नागफनी के काँटों से, चुभते थे आँगन-गलियारे।
कमरे में लेटे-लेटे, सिसकी भर रोया करती थी
अपने आँसू के मोतियन से, हार पिरोया करती थी।
आँखें पूजा थाल बन गईं–आँसू चन्दन-रोली है।
जिन नैनों में सावन था... ॥

जब साजन मन-मन्दिर आए, शोक के पौधे मर गए जी
विरह की अगनी शीतल हो गई, साज-सिंगार सँवर गए जी।
जब बन्दी पलकों में साँवरे, तब कैसे अब बिछड़ेंगे?
राधा फागुन बनी तो कैसे, श्याम न होली खेलेंगे?
गिन-गिनकर बदले लूँगी, मैंने भी केसर घोली है।
जिन नैनों में सावन था... ॥

पिया रंगीले इन्द्रधनुष और, मैं सतरंगी हो गई रे
तन में इतने फूल खिले, बगिया बोली कुछ मुझको दे।
प्रेम रंग भर-भर पिचकारी, मुझ पर ऐसा वार किया
वार बचाना किसको था, मैंने तो तन-मन वार दिया।
चढ़ती उमरिया फिर भी मोंसे, खेले आँख मिचौली है।
जिन नैनों में सावन था...!!

कर्म की ले लो पिचकारी, होली है, प्रेम रंग बरसाओ
श्याम रंग से भरकर गागर, सागर पार उतर जाओ।
जिन पैरों में शूल चुभें, उनको निकालता चलता चल
हृदय की झोली में गुलाल भर, गाल-गाल पे मलता चल।
कितने रंग सृष्टि में बिखरे, जीवन एक रंगोली है।
जिन नैनों में सावन था... ॥

बादल का आवारापन, जब मन को आवारा कर दे
तब तू तारे देख-देखकर, मन को ध्रुवतारा कर ले।
साँस की ढपली ताल में बाजे, धड़कन बजे मँजीरे-सी।
प्राण, प्रेम का फगवा गावे, तब समझो होली होली।
प्रिय रंग पक्का कभी न छूटे, सच है, नहीं ठिठोली है।
जिन नैनों में सावन था... ॥

दर्द गीत बन गए

पुरवा के सौतेले झोंके मीत बन गए।
तुमने जितने दर्द दिए सब गीत बन गए॥

हर नयनों के आँगन में हर मौसम की अँगड़ाई है
मेरे दृग के दर्पण में बस सावन की परछाईं है।
किरन तराज़ू से जो तौल रहा मेघों की सुन्दरता
मौसम-बनियाँ मुझसे समझौते की बात नहीं करता।

मन पीड़ा के स्वर रवीन्द्र-संगीत बन गए
तुमने जितने दर्द दिए सब गीत बन गए।

बाँझ कीर्ति के आलिंगन में जीवन मूर्ति अधूरी है
जैसे चंचल मन में और स्वर्णिम विवेक में दूरी है।
प्रीत सुई धागे आँसू के तीखे डंक बयरिया के
बखिया किए ज़ख़्म कितने ही सपनों भरी उमरिया के।

इतने हुए निराश कि पाप पुनीत बन गए
तुमने जितने दर्द दिए सब गीत बन गए।

भृकुटि तुम्हें दोहा लगती थी अधर सोरठा लगते थे
श्याम पुतलियों में छन्दों के सतरंग दीपक जलते थे।
मैं गीतों की जन्मकुंडली कोकिल का स्वर पंचम थी

हर कविता में छन्द, छन्द में राग, राग में सरगम थी।

गीतों के संरक्षक स्वयं अगीत बन गए।
तुमने जितने दर्द दिए सब गीत बन गए।

सपना जले नहीं

नैना जलें नीर जल जाए सपना जले नहीं।

ब्याहन आया मन दूल्हा बन, तन का सेहरा बाँधे
साँस बराती दिवस चार, धर लाए डोली काँधे
जब-जब पायल बजे पाँव की दंश लगे ज्यूँ फन से
गर्म तवे पर बूँद गिरे जल जाए बोले छन से।

अधर कोख में मौन पल रहा आखर ढले नहीं
नैना जले नीर जल जाए सपना जले नहीं ॥

एक इमारत गढ़ी दर्द की, ईंटों को चुन-चुन के
खिड़की पर पर्दे लटकाए सौगन्धें बुन-बुन के
तम के वातायन पर सन्देहों के दीपक बाले
दरवाज़ों पर पड़े हुए हैं आकर्षण के ताले।

मौत-अतिथि खड़काए किवाड़ें अपनी चले नहीं
नैना जले नीर जल जाए सपना जले नहीं ॥

तन अर्जुन, मन दुर्योधन है द्रौपदि ये जीवन है
संस्कृति चीर, धरा गान्धारी, नभ धृतराष्ट्र नयन है
देश-निकाला मिला कृष्ण को रेहन विदुर की वाणी
धर्म युधिष्ठिर स्वयं बिक गया भीम हो गया पानी।

अभी सभ्यता क्वाँरी है मँड़वे के तले नहीं
नैना जले नीर जल जाए सपना जले नहीं ॥

दिन-दिन दूना ब्याज बढ़ रहा तन गिरवी करवाया
मन का सिक्का खोटा निकला, जग में काम न आया
हर चूनर का रंग उड़े तब क़फ़न कौन रँगवाए
नयन-सूप में सपन पछोरूँ आँसू बन झर जाए।

इतना कर मौसम सौदागर फागुन टले नहीं
नैना जले नीर जल जाए सपना जले नहीं ॥

बता तो जानूँ!

तन की नीलामी बोली तो बोल चुके
मेरे मन का मोल बता तो जानूँ!

गुरु द्रोण की विकट दक्षिणा, आज तलक छलती ही आई
मगर हृदय से एकलव्य के द्रोण-भक्ति को मिटा न पाई।
रेखाओं को दोष लगा मत, केवल दोष मुग्ध चितवन का
तन कोई भी दोषी क्यों हो सारा दोष तुम्हारे मन का।

तेरे चिन्तन के भड़कीले कुर्ते में
कहाँ-कहाँ है झोल बता तो जानूँ!

पीड़ाओं के बियाबान में आँसू की कन्दील जलाए
हर सपना अपने हाथों से ख़ुद अपनी समाधि बनवाए।
जब सन्नाटा बना पहरूआ, मेरे द्वार सदा देता है
तभी अधर से आकुल शिशु-सा कोई गीत जनम लेता है।

तेरे गीतों में केवल इतिहास मुखर
छन्दों का भूगोल बता तो जानूँ!

तुम ऐसे आए जैसे कोई खँडहर में दिया जलाए
तुम ऐसे आए ज्यूँ कोई भूली बात याद आ जाए।
तुम ऐसे बदले ज्यूँ मौसम अब अनुबन्धों का क्या होगा
अर्थ अगर फिर बदल गया तो, उन सौगन्धों का क्या होगा?

मेरे अर्पण में या तेरे वर्षण में
किसमें है विषघोल बता तो जानूँ!

नील गगन के आकर्षण में भाँवर पड़ी भानु से मेरी
किरणों की केवल शय्या थी आलिंगन में लपट घनेरी
जलते-जलते राख हो गई इसीलिए सन्ध्या कहलाऊँ
रवि के प्रश्न चाँद में पढ़कर, ओसबिन्दु उत्तर भिजवाऊँ।

मुक्त स्वर्ग या जीवन भर जलते रहना
इनमें क्या अनमोल बता तो जानूँ!

मेरे बादल परदेसी-चरवाहे हैं

तेरे गीतों में क्वाँरापन मचल रहा, मेरे गीत बिहाग राग से ब्याहे हैं।
बिकी हुई है देह हमारी, बिका हुआ है चेहरा
फूलों जैसी उम्र बँधी है और सुगन्ध पर पहरा।
पथरीली राहों के कंकड़ बींध रहे मेरा मन
मिट्टी के पुतले पर कोहरे-सा छाया है जीवन।
तेरे तन पर चन्दन की नक़्क़ाशी है, मैंने लपटों से सम्बन्ध निबाहे हैं।

तेरी आँखों में निश्छल-संकेतों की नगरी है
मेरी आँखों में टूटी सौगन्धों की गगरी है।
परछाईं से परछाईं की बात नहीं हो पाती
घिरती हुई घटा आती है बिन बरसे खो जाती।
तेरे नभ में रंग फागुनी उभर रहा, मेरे बादल परदेसी-चरवाहे हैं!

अधरों पर स्वीकार मिलेंगे तुमको अधरों तीरे
मेरे सपनों का सब ईंधन सुलगे धीरे-धीरे।
घूँघट जला, सिन्दूर बहा, पायल टूटी, स्वर धीमा
फिर भी पार न कर पाऊँगी काजल पथ की सीमा।
तेरे क़दम बिना प्रश्नों के उत्तर हैं, मेरे क़दम-क़दम प्रश्नों की राहें हैं।

संन्यासिन हो गई वेदना बने अश्रु-कण योगी
चिटके जब सौन्दर्य हवेली छँटने लगे वियोगी।
मेहँदी को हाथों से बोया हर पल की रखवाली
मेरे हाथ नहीं रच पाई उसकी यौवन लाली।

तेरे संग कारवाँ चलता मंज़िल तक, मेरे संग चार साये अनचाहे हैं!

सपनों की दुकान पर

लो रेहन हो गए हम तुम्हारे सपनों की दुकान पर।
बाग़ी, दो नयन हुए, तुम्हारे पल भर की पहचान पर।

रात लगे काले साटन-सी
सुबह लगे ढाके की मलमल
दोपहरी खादी का कुर्ता
साँझ सुहाग-चुनर-सी झलमल।
इक पल था रूमाल सरीखा
लहराया और कहीं खो गया
जाने कौन पहर था जिसमें
मन से मन का मोल हो गया।

सारा जीवन ढूँढ़ा, उसी पल को, पागल अनुमान पर।
लो रेहन हो गए हम तुम्हारे सपनों की दुकान पर।

तुम अगणित अंकों के स्वामी
मैं तो एक इकाई जैसी
तुम रंगों के सात समन्दर
मैं तो सिर्फ़ सियाही जैसी।
तुम कान्हा के नगर द्वारका
मैं राधा का बहता आँसू
तुम आए तो बीत गई मैं
मैं आई तो बीत गया तू।

पत्थर ने पत्थर को तराशा पत्थर की चट्टान पर।
लो रेहन हो गए हम तुम्हारे सपनों की दुकान पर।

तुम आए भी चले गए भी
छूकर अन्तर्मन की रेखा
जीवन देखा मौत निहारी
तुझ-सा छलिया कभी न देखा।
लगता है, तुम पास यहीं हो
लगता है, तुम दूर कहीं हो
कभी लगे, तुम यहीं कहीं हो
कभी लगे, तुम कहीं नहीं हो।

जीवन के महलों का पता क्यों मिलता है श्मशान पर?
लो रेहन हो गए हम तुम्हारे सपनों की दुकान पर।

डाकिया

डाकिये ने द्वार खटखटाया
अनबाँचा पत्र लौट आया।

साँझ थी और हाथ में था साँझ का दिया
डाकिये ने द्वार तभी खटखटा दिया।
मेरा ही लिखा पत्र हाथ में दिया
डाकिया तो चल दिया, बुझा दिया, दिया।
ये दिया, बुझा, तो बुझा आस का दिया
अब तो कोई ज़िन्दगी का दे बुझा दिया।
इन्तज़ार भी थका, थका मेरा जिया
फिर न कहना मैंने इन्तज़ार न किया।

जब दिये ने ही दिया बुझाया
अनबाँचा पत्र लौट आया।

याद फिर से आई उस घर की दहलीज़
अस्त-व्यस्त कमरा और बिखरी हर चीज़!
ननदी की हलचल और सासू की खीज
तुलसी का बिरवा और वो कजरी-तीज!
धुली-धुली चादर पे सेमल के बीज
बिछिया और पायल की छेड़ बदतमीज़!
फिर मुझको याद आया प्रेम का मरीज़
चोर-चोर नैना बिन बटन की कमीज़!

याद ने अतीत को चुराया
अनबाँचा पत्र लौट आया।

जीवन का काग़ज़ है क़लम ये सफ़र।
स्याही के जैसा है रात का प्रहर।
प्यास है सम्बोधन, आँसू हस्ताक्षर
गगन के लिफ़ाफ़े पर चाँद की मुहर।
प्रेम ही पता है अनजान है नगर
दुनिया डाकघर, ग़ायब पोस्ट मास्टर।
जीव-डाकिये ने डाक बाँटी उम्र भर
फिर भी एक ख़त न मिला सही पते पर।

उत्तर की जगह प्रश्न पाया
अनबाँचा पत्र लौट आया।

काँटे सहते-सहते

हमने डाले बीज प्यार के
उसने काँटे बोए,
उन काँटों से लिपट-लिपट हम
रात-रात भर रोए,
दुनिया भर के दर्दों का जवाब हो गए।
काँटे सहते-सहते हम गुलाब हो गए।

ऋतु बसन्त की डोर अरे
पतझर से किसने बाँधी?
उनके घर में गई चाँदनी
मेरे घर में आँधी।
सतरंगे सावन से भी
कोई सम्बन्ध नहीं है
मदिराए फागुन से भी
कोई अनुबन्ध नहीं है।
मेरे लिए मौसम भी नवाब हो गए।
काँटे सहते-सहते हम गुलाब हो गए॥

टुकड़े मेरे किए तो मैं
बन गई एक से ग्यारा
चिलगारी सहते-सहते
मैं हुई गगन का तारा।
इतना कठिन किया मुझको

मैं सहज-सरल बन बैठी
इतना मुझे तराशा कि मैं
ताजमहल बन बैठी।

झुकते-झुकते हम तो बस आदाब हो गए।
काँटे सहते-सहते हम गुलाब हो गए॥

उसने भेजा ज़हर वो
मैंने मीरा बन पी डाला
भाँवर मेरी हुई धुएँ से
तभी बनी मैं ज्वाला।
मेरे दिल के लहू का मुझको
तोहफ़ा दिया निराला
मैंने उसे महावर करके
पैरों में रच डाला।
उनकी कामना पे हम तेज़ाब हो गए।
काँटे सहते-सहते हम गुलाब हो गए।

बिन बोले ही मौन मेरा
चर्चित संवाद हुआ है
जाने कितनी बार
आँसुओं का अनुवाद हुआ है।
कलाकार को काल-कोठरी
जाहिल की जय बोली
कागा को सम्मान-पत्र
कोयल को मारी गोली।
सुनते हैं ज़र्रे आफ़ताब हो गए।
काँटे सहते-सहते हम गुलाब हो गए॥

साज़ हाथों में दो

साज़ हाथों में दो, सुर की गंगा बहे
यादगारों में हो आज की यामिनी
इससे पहले कि ग़म के अँधेरे बढ़ें
हम बिखेरें चलो, गीत की चाँदनी।

ज़िन्दगी, ज़िन्दगी भर को मिलती नहीं
वक़्त कितना है कम ज़िन्दगी के लिए
जन्म भर ना सही एक पल को मिलो
हम भी ये कह सकें एक पल तो जिए।

आज स्वीकार से माँग भर दो अगर
तो सुहागिन बने कामना-कामिनी।

दिल के खाते पे हर दुनियादारी लिखो
एक पन्ना मगर प्यार का भी लिखो
मन बने जब हिरन तो शिकारी बनो
मन कहे धन ही धन तो भिखारी बनो।

तोल दे मोतियों से जो आँसू यहाँ
दुनिया-बाज़ार में बस वही है धनी।

तुम हृदय से हृदय का वरण तो करो
प्रेम-अधर का कभी आचमन तो करो

मधुकरों का ज़रा अनुसरण तो करो
प्रेमियों की तरह आचरण तो करो।

हंस का अनुकरण कर, यूँ नादाँ न बन
उड़ न जाए कहीं प्राण की हंसिनी।

घटा की नज़र

घटा की नज़र लग गई है हमें क्या
जो नैनों में सावन बसाए हुए हैं
वही बस वही, इक कुँआरे नयन के
सपन को ही दूल्हा बनाए हुए हैं।

अधर से, अधर-पत्र पर जो लिखी थी
वो कविता अभी तक लिखी की लिखी है
गुलाबों के बोने में बीती उमरिया
मगर अब तो काँटे मेरी ज़िन्दगी हैं।
मिलन बाँसुरी अब बजे न बजे–
हम तो सपनों में मधुवन सजाए हुए हैं।
घटा की नज़र...

नहीं हो सके सात फेरे हमारे
मगर सात जन्मों का वादा हमारा
हवन-कुंड की आग से भी गरम है
मेरी माँग का ये दहकता अंगारा
हथेली पे मेहँदी रचे न रचे
हम तो अन्तर में मेहँदी रचाए हुए हैं।
घटा की नज़र...

मेरे पाँव में कुलवधू की पायलिया
किसी नर्तकी के ये घुँघरू नहीं हैं

मेरे अश्रु में अनगिनत सूर्य क्यों हैं?
ये तम के बवंडर कहीं ना कहीं हैं।
मगर जब तलक तन की डोली बची है
क़फ़न को भी चूनर बनाए हुए हैं।
घटा की नज़र...।

अतीत गुनगुनाएँ

चलो चलें छत पर अतीत गुनगुनाएँ
नैनों से नैनों के क़ाफ़िये मिलाएँ।

दर्द के दरवाज़ों को तोड़कर
आ गई हैं प्यासी आँधियाँ
मन है या, नवाब का हरम है ये
हसरतें बनी हैं बाँदियाँ।

सर्पीली देहों को चन्दनी बनाएँ।
नैनों से नैनों के क़ाफ़िये मिलाएँ॥

आईने में आँसुओं के दाग़ थे
कामना निराश हो गई
तुमको देखकर नयन की कालिमा
पल में ही पलाश हो गई।

अंग-अंग आज फिर पलाश हम खिलाएँ।
नैनों से नैनों के क़ाफ़िये मिलाएँ॥

मैं बनूँ कलश बनो पराग जल
मैं खिलूँ सजल कमल-कमल
तन की रुबाई को तुम करो सहल
अधरों से लिखो नई ग़ज़ल।

तुम ग़ज़ल लिखो और हम, हाशिये बचाएँ।
नैनों से नैनों के क़ाफ़िये मिलाएँ॥

रेत की हवेलियों-सी ज़िन्दगी
हर लहर पे टूटने लगी
लड़की जैसे सात-आठ साल की,
बात-बात रूठने लगी।

रूठी इस लड़की को हर तरह मनाएँ।
नैनों से नैनों के क़ाफ़िये मिलाएँ॥

आज नंगे पाँव तट की रेत पर
तन बिना चले ही चल रहा
हर लहर के झाग से पता चला
जल के बीच जल ही जल रहा।

तुम बनो समन्दर हम सीपियाँ उठाएँ।
नैनों से नैनों के क़ाफ़िये मिलाएँ॥

वो प्यार की पहेली है

वो प्यार की पहेली हैं
मैं आँसुओं का दर्द,
वो फूलों के मसीहा हैं
मैं काँटों की हमदर्द,
ये फूल बस बहारों का सलाम लेते हैं
ख़िज़ाँ में भी ये काँटे, दामन थाम लेते हैं।

माना मैंने फूलों में सुगन्ध है भरी
माना मैंने फूलों में सुन्दरता है बड़ी
काँटे अपने रूप से रिझाते नहीं हैं
लेकिन काँटे धूप में मुरझाते नहीं हैं।
फूल सदा इनके हवाले होते हैं
काँटे ही तो इनके रखवाले होते हैं।

फूल किसी ज़ुल्म का शिकार न हो जाए
इसीलिए चुभ के इन्तक़ाम लेते हैं।
वो प्यार की...

डाली पे ख़ामोश हैं ये रातों की तरह
कितने ये अकेले हैं अनाथों की तरह
काँटों वाले घाव का उपचार होता है
फूलों वाला ज़ख़्म तो अंगार होता है।
फूल गले लगता है ग़ज़ब ढाता है
काँटा लगता है गले तो रंग लाता है।

फूल कहीं गुलशन में बदनाम न हो जाए
इसलिए ये खुद पे इल्ज़ाम लेते हैं
वो प्यार की...

काँटा किसी छलिया का नाम नहीं है
गंगाजल है मदिरा का जाम नहीं है
तूफ़ाँ भी सहे हैं बारिशें भी सही हैं
सिर उठा के इसने ज़िल्लतें भी सही हैं।
काँटों का तो ख़ून भी पसीना होता है
फूलों का पसीना भी नगीना होता है।

इनकी क़ीमत ठोकर से चुकाता है जहाँ
दुनिया वाले मिट्टी के भी दाम लेते हैं
वो प्यार की...

फूल सदा सेजों की जवानी होते हैं
काँटे सदा ज़िन्दगी के मानी होते हैं
फूल तो इक रात की कहानी होते हैं
काँटे जन्मों-जन्मों की निशानी होते हैं।
काँटा नहीं कहना ये मर्यादित राम है
काँटा नहीं ये तो द्रौपदी का श्याम है।

संगीनों-से शत्रुओं को चुभते ही रहें
काँटे ये शहीदों से पैग़ाम लेते हैं।
वो प्यार की...।

मुट्ठी में बन्द रहा चन्द्रमा

पलकों तक आ चुकी थी चाँदनी
धुआँ-धुआँ हो गए उजाले
मुट्ठी में बन्द रहा चन्द्रमा
विधना ने हाथ काट डाले।

सन्नाटों से जुड़े प्रदेश में,
रहती थी जोगन के भेस में।
बरसों के बाद एक ख़त मिला
लौटी थी साजन के देश में।
था पता सही मगर वो थे नहीं
मैंने समझा होंगे वो यहीं कहीं।
एक पड़ोसी ने मुझको देखकर
नाम पुकारा तो जड़ हुई वहीं।
कहने लगा वो सदा छला गया
रटते-रटते नाम आपका गया।
व्यर्थ अब उदासियाँ न लाइए
देर हो चुकी है लौट जाइए।
बार-बार व्यंग्य के ज़हर भरे
डस रहे थे मुझको नाग काले॥
मुट्ठी में...

मेज़ पर दीवार पर किताब पर
पत्तियों पे और हर गुलाब पर।

ज़र्रे-ज़र्रे पर मेरा ही नाम था
कमरा क्या था पूर्ण तीर्थधाम था।
डायरी में एक चित्र था मेरा
और पंक्तियों में दो ये था लिखा–
"मन्दिरों से दूर मैं निकल गया
तेरे नैन मार्ग पे फिसल गया।"
और मैं ठगी-ठगी खड़ी रही
देर तक मैं डायरी बनी रही।
बल, केवल सुधियों के रह गए
कामना की रस्सी तो जल गई।
छलक गए आँसुओं के नव-कलश–
टूट गए मौन के शिवाले॥
मुट्ठी में...

हम तो तेरे रंग में रँगे रहे
मन की सेज पर तुम्हीं सजे रहे।
कितनी ही बार रास्ते मुड़े
जाने क्यों ये फ़ासले बने रहे।
मानिनी बनी रही मैं उम्र भर
तुम चले गए थे मुझको त्यागकर
यूँ तो रूठना ज़रा सी बात थी
ऐसे भला कौन गया रूठकर?
मेरे अहं के सभी चमन मरे
मेरे सारे स्वप्न के हिरन मरे।
जैसे कि भिखारी बिन क़फ़न मरे
जैसे फेरे घूमती दुल्हन मरे।
एक बार आके अपने हाथ से
मेरी लाख अर्थियाँ सजा ले॥
मुट्ठी में बन्द रहा चन्द्रमा
विधना ने हाथ काट डाले।

हम ना बीते

दिन बीते पर हम ना बीते
तन और मन दोनों ही रीते।

मेरे अपने क़द से ज़्यादा लम्बी थी अपनी परछाईं
मन का कमरा तंग बहुत था विस्तृत सपनों की अँगनाई
फिर कैसे वृन्दावन मिलता, कैसे स्वर सुनती वंशी के।
दिन बीते पर हम ना बीते।

चाँद चाँदनी सूर्य किरण सब, मैंने कविताओं में ढाले
जीवन-ग्रन्थ पलटकर देखा शब्दों के काले अँधियारे
इक पन्ना भी ऐसा न था जिस पर हो हस्ताक्षर पी के।
दिन बीते पर हम ना बीते।

फूलों की मुस्कानें भाईं तारों के संग रातों जागे
कितने रंगों रँगी चुनरिया सपने पीछे थे, हम आगे
नश्वर ही सुन्दर लगते थे मृग-तृष्णाओं पर हम रीझे।
दिन बीते पर हम ना बीते।

देव सभी पत्थर के निकले पूजे कितने ठाकुरद्वारे
कितने तीरथ-पर्व नहाए पर न जगे सौभाग्य हमारे
अमरित बूँद एक मिल जाए, कीं आशाएँ मृत-अधरों से।
दिन बीते पर हम ना बीते।

कितने सावन कितने झूले कजरी चैती की वो सरगम
सखियों की अनबूझ पहेली, बौराए फागुन के मौसम
सब कुछ भूले पर हम अपने बाबुल का आँगन ना भूले।
दिन बीते पर हम ना बीते।

भाग्य की लकीर

अम्बर से उतारा मैंने चाँदनी का डोला
हौले-हौले कलियों ने भी घूँघटों को खोला
मेहँदी से बनाई है प्रणय की तस्वीर
सेन्दुर-सेन्दुर हो गई मेरे भाग्य की लकीर।

जाने कितने साल मैंने सावन बिताया
तब कहीं जाके ये फागुन रंग आया
कैसे-कैरो मैंने, मन-कंचन तपाया
रात-रात सपनों का ईंधन जलाया।
कितने ही घर रेत पे बनाए और बिगाड़े
होंठों पे जलाए उसके नाम के अंगारे।
तब कहीं आई है दुआ में तासीर।
सेन्दुर-सेन्दुर हो गई...

पलकों से मैंने एक छवि को निखारा
माथे पर मैंने रोज़ सूरज उतारा
काग़ज़ की थी नैया और आग की थी धारा
रोम-रोम होता रहा मेरा पारा-पारा।
जैसे कोई सर्दियों में धूप को छुपा ले
जैसे कोई बदली से बूँद को चुरा ले।
वैसे मैंने भी चुरा ली प्यार की ये पीर।
सेन्दुर-सेन्दुर हो गई...

मैंने अपने आँगन मनौतियों को पाला
ओढ़नी में बाँध लिया हल्दिया उजाला
भाँवरी बदरियों को बाम पे झुकाया
साँस की मयूरियों को ताल पे नचाया।
मैंने तन की केंचुली को सोलहों सजाया।
दर्द के चरण में मैंने आलता लगाया।
तब गुलनारी हुआ चुनरी का चीर।
सेन्दुर-सेन्दुर हो गई...

सदियों से गाए गए प्रेम के फ़साने
सच्चे थे या झूठे थे ये कोई नहीं जाने
जिसने प्रेम-सुधा पी ली जाने-अनजाने
मर के मरा ना, कोई माने या न माने।
मैंने भी आशाओं का इक वृन्दावन बसाया
कान्हा की बाँसुरिया पे प्यास को नचाया।
तब कहीं जाके पिया जमुना का नीर।
सेन्दुर-सेन्दुर हो गई...

दीवाली का दीप बन जलती रही मैं
आँधियों के हौसलों से लड़ती रही मैं
दिये के धुएँ का मैंने आँज लिया काजल
रोशनी के रंग मैंने रँग लिया आँचल
भावना की पूनी मैंने सारी रात काती
निष्ठा और प्रेम से भिगोई मैंने बाती।
मन मैंने राँझा किया, तन किया हीर।
सेन्दुर-सेन्दुर हो गई...।

चन्द्र-किरण से नैन-गगन तक

चन्द्र-किरण से नैन-गगन तक बाँधी हमने डोरी
इस डोरी पर भीगे सपने डाल दिए बरजोरी।

चन्द्र-किरण थी ठंडी-ठंडी,
सपने और हो गए गीले
हाथों में भर गई सियाही
सोचा था जो होंगे पीले।

तन से लिपटी हुई चाँदनी हमने बहुत निचोड़ी।

पहर, पहर से चुगली खाए
बात पवन ने बूझी थी
प्राची घूँघट सरका बोली
ये तुझको क्या सूझी थी?

दिनकर के आते ही जल जाएगी डोर निगोड़ी।

जीवन-मृत्यु समय के पलड़े
सपनों को तुलवाना है
कब किस ओर तुला झुक जाए
नहीं किसी ने जाना है।

जीवन-चोर चुराता जाए साँसें चोरी-चोरी।

सन्देश न आया रे

मेरे साजन गए विदेश कोई सन्देश न आया रे
काजल वाली आँखों में कुंकुम भर आया रे!

अनहोनी-सी बात हुई, होनी मैं कैसे जानूँ
महक पलाशों में बसती है सच ये कैसे मानूँ?
सपनों में कल ही तो मुझको अपने कंठ लगाया
हाथों पर मेरे मेहँदी से अपना नाम लिखाया।
चुन-चुनकर चम्पे की कलियाँ, सेज मेरी सजवाई
चाँद-सितारे तोड़-तोड़कर गोद मेरी भरवाई।
आँख खुली तो माथे तक सूरज चढ़ आया रे।
काजल वाली...!

मैं वो बगिया, जिसमें कोई फूल नहीं खिल पाया
वो सीपी हूँ, जिसमें कोई मोती न ढल पाया।
साँसों की क्यारी में आहों के अंकुर फूटे हैं
सबने हरसिंगार लूटे मैंने आँसू लूटे हैं।
सूखे पत्तों-सी अँगड़ाई और पतझर का दर्पण
समर्पिता हूँ फिर भी अभिशापित है मेरा समर्पण।
गीली अँखियों से छन-छन कर ज़हर समाया रे
काजल वाली...!

सूरज का क़र्ज़ा दिन दूना, भरी धूप अँगनाई
मेरा रूप उधार ले गई छिटकी हुई जुन्हाई।

कोरा काग़ज़ था तन तुमने चुम्बन से लिख डाला
अक्षर-अक्षर पढ़कर मैंने मन-पुस्तक में ढाला।
फिर जूठा बतलाया, तन, मन की किताब को नोचा
अक्षर-अक्षर दाग़ बन गए तुमने कभी न सोचा।
आँचल का गुलनारी रँग बदनाम कराया रे।
काजल वाली...!

तोरण जैसी माँग सजाई बनी अल्पना अलकें
आँसू बन्दनवार बने हैं चौक पूरती पलकें।
दियना दो बाले हैं मन की बाती, तेल पसीना
नाम पिया का सोन-अँगूठी, चन्दन देह नगीना।
मंत्रों की चूनर बुनवाकर कितने वन्दनवारे
अगवानी भी साथ निभ रही, मेरे सूने द्वारे।
रात-रात भर मैंने अधर-कपूर जलाया रे।
काजल वाली...!

सौदा

जीवन एक सौदा है तो आओ ये सौदा कर लें
मेरी ख़ुशियाँ तुम वर लो तेरे आँसू हम वर लें।

तेरा जीवन पलाश-सा बिन ख़ुशबू खिला हुआ है
तेरे सपनों का कुर्ता देखो बिन सिला हुआ है
कस्तूरी महक रही है फिर जीवन बिन बहार क्यों?
चितवन की सुई धरी है, फिर सपने तार-तार क्यों?
जितना तम गहरा होगा, उतना प्रकाश निखरेगा
तम की सारी प्रभुताई अपने घर गिरवी धर लें!

मरना तो एक पल का है जीवन के लाखों पल हैं
अधर तेरे सूखे-सूखे क्यों तेरे प्राण विकल हैं?
आकर्षण-भरी ज़िन्दगी फिर चेहरा क्यों कुम्हलाए
जीवन इतना दुर्लभ है बूढ़ा ईश्वर ललचाए।
जी लेना एक कला है मरना विज्ञान कहलाए
मर-मर कर जीना छोड़ो, आओ जीवन पे मर लें!

सूरज-तारे-चन्दा-नभ सब सच है सपन नहीं है
धरती की हरी चुनरिया घूँघट है क़फ़न नहीं है
तन के बेसुरे राग से मन का कोलाहल अच्छा
उपवन में लगी आग से वन का दावानल अच्छा
जितने हैं नैन जहाँ में, आँसू के सागर समझो
सागर के सच्चे मोती अपनी अँजुरी में भर ले!

वासना

चुम्बन का सेतु और प्यास की नदी
इस पुल से गुज़र रहे
वासना के राहगीर।
        दो क़दम चले, आग में ढले
        ज़िन्दगी ने प्यार से लगा लिया गले।
        नैन आसमान में,
        पुतलियों के यान थे,
        तम लहर को चीरते
        स्वप्न के विहान थे।
अधरों पर अधर जैसे
इन्द्रधनुष की लकीर।
        है मिलन की छाँव, वासना के पाँव
        सूर्य अतिथि बन गया है चाँदनी के गाँव।
        ताप से निखर गए
        फूल ज्यूँ पलाश के
        टूटकर बिखर गए
        काँच के गिलास से।
नियति ने निकाल लिये
तरकश से गन्ध-तीर।
        रंग अंग था, अंग रंग था
        ज्वार के उतार में भी जल-तरंग था।
        जैसे कोई चाँद से
        चाँदनी निचोड़ ले

ज्यूँ मदार वृक्ष से
कोई पात तोड़ ले।
फाग ने मिला दिया हो
ज्यूँ गुलाल में अबीर।
स्वप्न सो गए, मीत खो गए
ज़िन्दगी के वस्त्र तार-तार हो गए!
साँस-साँस बिक गई
हवस की दुकान पर
चेतना की लाश है
बुद्धि के मचान पर।

और तन की ओढ़नी पे
'दाग़' गा रहे 'कबीर'!

जाग अब तो जाग, सृष्टि है विराग
हर कली की कोख में है यायावर-पराग!
हर छुवन में आग है,
हर चुभन है संस्मरण
दूध की कटोरियों में
हैं ज़हर के आचमन!

और दूर-दूर खड़ी
मौत हो रही अधीर!

पंछी तू कैसा भरमाया

आकर्षण आलम्बन बनकर जब बाँहों में आया, पंछी तू कैसा भरमाया!
एक तट से वैराग्य पुकारे, दूजे तट से माया, पंछी तू कैसा भरमाया!
मन के आँगन में कुछ भटके सावन आन झुके थे
पलकों की डाली पर सपने झूला डाल चुके थे।
सतरंग इन्द्रधनुष निकला पर टूट गई प्रत्यंचा
नयन शाख से टूट रहे थे आँसू गुंचा-गुंचा।
जाने कितनी बार बदलते मौसम ने समझाया। पंछी तू कैसा भरमाया!

गूँगे अधरों के पथ पर कुछ अस्वीकार खड़े थे
स्वीकारों की दहलीजों पर चन्दन-हार पड़े थे।
सपनों के क़र्ज़े दे-देकर हमको इतना बाँधा
हमसे छीनी उम्र हमारी और प्रीतम से काँधा।
लावारिस अर्थी को लावारिस ने क़फ़न उढ़ाया। पंछी तू कैसा भरमाया!

मिलन-यामिनी की मनुहारें, घूँघट की अँगनाई
उज्ज्वल सेजों पर मैली सौगन्धों की परछाई।
विश्वासों के निर्माता ने विश्वासों को तोड़ा
हमने आँसू का घुँघरू, टूटी पायल से जोड़ा।
टूटे साज़ों पर हमने जीवन भर सुर में गाया। पंछी तू कैसा भरमाया!

पीड़ा के आँगन में

पीड़ा के आँगन में नाची जब सजनी
पायलिया टूट गई खोय गई नथनी।

जब से धरती जागी
जब से अम्बर जागा
जब से आदम-हौवा ने
पकड़ा जीवन का धागा

जब से ये फूल खिले हैं
जब से फूटी जलधारा
जब से हैं पवन और सूरज
जब से है चन्दा-तारा

तब से ही बन-बन डोले
सिसकी भर-भर दुखियारी
चौराहों पर बैठे हैं
लाखों गुमनाम शिकारी।

इक दूजे जैसी दोनों नारी और हिरनी।
पीड़ा के आँगन में नाची जब सजनी ॥

जैसे ही घर में जन्मी
लोगों के चेहरे उतरे

माँ बाबुल की आँखों में
चिन्ता के बादल घुमड़े

अब कैसे क्या कुछ होगा?
दुगुना श्रम करना होगा
शिक्षा-दीक्षा भी होगी
क़र्ज़ा भी भरना होगा

लड़की तो धन है पराया
करनी होगी निगरानी
कैसा घरबार मिलेगा
दासी होगी या रानी?
दुख की परछाईं लेकर जनमजली जनमी।
पीड़ा के आँगन में नाची जब सजनी ॥

बचपन की उँगली छूटी
इठला के आई जवानी
छोटी सी उमर रुबाई
बन बैठी एक कहानी

जब दरपन में मुख अपना
देखे और ना पहचाने
सपनों में कोई साथी
छेड़े नग़्मे अनजाने

चुनरी में तारे जड़ दो
लब पे अंगारे धर दो
दिल बोले मुझको वर दो
माँग कहे मुझको भर दो।

गर्मी में सर्दी लागे सर्दी में गर्मी।
पीड़ा के आँगन में नाची जब सजनी ॥

परिणय का शुभ दिन आया
सपनों से फेरे हो गए
जो कल तक थे अनजाने
पल भर में अपने हो गए

ममता ने आँख दे दी
बाबुल ने दिया पसीना
भैया ने लाज उढ़ाई
भाभी की हँसी रुकी ना

जो कुछ था सब दहेज़ में
लेकर जलवन्ती आई
अपने परमेश्वर के घर
साध्वी सतवन्ती आई।

करम का निकाले घूँघट, बनी धरम-पत्नी।
पीड़ा के आँगन में नाची जब सजनी ॥

दिन बीते गए महीने
इमली जब मीठी लागी
जागी-जागी भी सोई
सोई-सोई भी जागी

अंकुर-सा कोख में फूटा
अनुभव एक नया अनूठा
जिज्ञासा हुई अन्वेषण
अल्हड़ता हुई परदेसन

नैना खोले सीपी ने
चिड़ियों ने तिनके बीने
चींटी ने रसद जुटाई
शाखों पर कोंपल आई।

ममता से पीड़ा हारी तभी हुई जननी।
पीड़ा के आँगन में नाची जब सजनी॥

नर-नारी इसके जाये
फिर भी क्यों दुख पाये?
माँ-बहना-पत्नी-बेटी
फिर क़िस्मत की क्यों हेठी?

इक-दो की बात अलग है
लाखों की बात कहूँगी
अत्याचारी समाज पर
खुलकर आघात करूँगी

अंगारे इसकी शय्या
सपनों की चारदीवारी
आँसू हैं ज़ेवर इसके
आहों से रिश्तेदारी।

इसके आँगन से अब तक गई नहीं रजनी।
पीड़ा के आँगन में नाची जब सजनी॥

सतियों में सावित्री-सी
मंत्रों में गायत्री-सी
रामायण में सीता-सी
पावनता में गीता-सी

उपमाएँ सुन्दर दे दीं
पर जीवन बद से बदतर
युग बदले भाग्य न बदला
आया न कुछ भी अन्तर

जीवन से ख़ाली हो गई
नारी इक गाली हो गई
चम्बल में चंडी हो गई
राहों की मंडी हो गई।

मरी क्यों लगा के फाँसी बड़े घर की घरनी।
पीड़ा के आँगन में नाची जब सजनी ॥

हर पनघट तट पर नाची
छल के मरघट पर नाची
काँटों पे चलकर नाची
ज्वाला में जलकर नाची

नंगी तलवार पे नाची
ढहती दीवार पे नाची
जग के अँधेरे पे नाची
लाशों के ढेर पे नाची

कोई मर गई ताने खाकर
जल गई ससुराल में जाकर
वो कामुक-दल में बँट गई
वो जाके रेल से कट गई।

करनी थी और किसी की, उसे पड़ी भरनी।
पीड़ा के आँगन में नाची जब सजनी ॥

दफ़्तर में काम मिलेगा
मालिक की कार में नाचो
रोगी को मर जाने दो
डॉक्टर के प्यार में नाचो

जीतोगी तभी मुक़दमा
जब न्यायालय में नाचो
पाओगी तभी प्रमोशन
जब तन का मोल लगा लो

गुंडों से बचना है तो
थाने में रपट लिखाओ
थाने से बचना है तो
नेता की माँद में जाओ।

नेता से बचना है तो, मौत से हो मँगनी।
पीड़ा के आँगन में नाची जब सजनी॥

शोषित ही शब्द सही है
नारी कहने को नाम है
आज़ादी प्रौढ़ा हो गई
नारी अब तक ग़ुलाम है

फूँको रस्मो-रिवाज को
अपना अधिकार सँवारो
आँसू आहें मजबूरी
शब्दों को आज मिटा दो

धरती कह-कहकर कुचला
ख़ुद तो अम्बर बन बैठे

लिखते औरत की क़िस्मत
ख़ुद पैग़म्बर बन बैठे।

उठो इसे तट पर लाएँ, डूब रही तरनी।
पीड़ा के आँगन में नाची जब सजनी ॥

बिंदिया बना के

बिंदिया बना के तुझे सजाया है भाल पे
जैसे कोई नाम तेरा काढ़ दे रूमाल पे।

नीली, हरी, लाल, पीली दुकानें सजी हैं
क्वाँरी-कामनाएँ बिना मोल के बिकी हैं
साँवरी गुजरिया सिमटी पर्व पर नहाए
यात्रियों-से सपने मेरे नैन में समाए।
जैसे लागे मेला अपने गाँव वाले ताल पे।
जैसे कोई नाम...

होंठ तो किताब भए नैना जुड़े जब से
नैना तो गुलाब भये होंठ जुड़े तब से
देह पानी-पानी भई जैसे नदी नरिया
चुनरी लगे है जैसे रेत पे मछरिया।
टोकाटाकी करे भौजी हमरी उछाल पे।
जैसे कोई नाम...

बार-बार जूड़ा बाँधूँ बार-बार खोलूँ
रात-रात दर्पण देखूँ बिन बोले बोलूँ
धीरे-धीरे उँगली पे अचरा लपेटूँ
तकिया को प्रीतम कह के बाँह में समेटूँ।
नींद में चिकोटी काटूँ अपने ही गाल पे।
जैसे कोई नाम...

घोंसले बनाता पंछी, बया मोहे भाए
कलुआ किसान घर को लौटता सुहाए
रधिया पड़ोस वाली इमली जो खाए
पलकों पे मैंने कितने पालने बनाए।
नई-नई कोयल कूके अँबुआ की डाल पे।
जैसे कोई नाम...

चिड़ियों को दाना डालूँ कागा को बुलाऊँ
हथेली पे तेरा अपना नाम लिख लजाऊँ
'लैला-क़ैस' नाटक के संवाद दोहराऊँ
'प्यारेलाल आवारा' की किताबें मँगाऊँ
काँच के गिलास तोड़ूँ शादी के सवाल पे।
जैसे कोई नाम...।

रेशमी रात है

रेशमी रात है चाँद भी साथ है
तुम बनो जो गगन, तो बनूँ मैं किरन
डर यही है कहीं तुम शिकारी न हो
वन अगर तुम बनो, तो बनूँ मैं हिरन।

चाँदनी की मुलायम-सी चादर बिछी
छत पे तारों की झिलमिल मसहरी लगी।
बीत जाए ना शुभ ये महूरत घड़ी
आज ही सत्य है, कल की किसको पड़ी?
तन को ज्वाला करो मन का मन्तर पढ़ो
नैन से नैन का, कर लो पाणिग्रहण।
रेशमी रात है...

मेरे आँचल की हद में कई चाँद हैं
मेरी बिंदिया की लाली में सूरज कई।
रूप क्यारी में हैं गन्ध की टहनियाँ
टहनियों पे उगी प्रीत कोंपल नई।
मुग्ध वातावरण का, निमंत्रण नमन
प्यास की रुक्मिणी का करो तुम हरण।
रेशमी रात है...

मृग की कस्तूरियाँ मृग अगर पा सकें
तो तलाशों का कोई भी मतलब नहीं।

काश पाने की ये छटपटाहट रहे
थोड़ा-थोड़ा मिले पर मिले सब नहीं।
तुम अगर ज़िन्दगी को नया अर्थ दो
तो मैं शब्दों की समिधा भी कर दूँ हवन।
रेशमी रात है...।

मैं बिरहा की आकुल बेला

मैं बिरहा की आकुल बेला
तुम हो चुम्बन के मौन प्रहर

तुम से निर्मित सारा जीवन
मैं जीवन भर खँडहर-खँडहर।

मैं वो किताब हूँ जीवन की
जिसकी कोई भूमिका नहीं
सारे पन्नों पर शून्य लिखा
हो गया अन्त यवनिका नहीं।
सपनों की जिल्द चढ़ाने को
चेतनता से नाता तोड़ा
मुस्कानें देकर रिश्वत में
तब तन्द्रा से रिश्ता जोड़ा।

स्याही चुक गई क़लम टूटी
उपसंहारों की बढ़ी उमर।

हैं मौन अधर, आँखें मुखरित
अनुवाद दर्द का हूँ शायद
मंज़िल के चिह्न नहीं मिलते
मैं जनम-जनम भटकूँ शायद।
सौगन्ध है अपने गीतों की–

अनुवाद दर्द का बिका नहीं
तब भी ज़िद थी अब भी ज़िद है
वेदान्त बनूँ पत्रिका नहीं।

तुम समाधान, हो चिरविराम
मेरे मन, प्रश्नों के विषधर।

तुमने तन के तिनके जोड़े
मैं तिनका-तिनका टूट रही
कुछ शब्द नयन में उभर गए
अनकही बात हो गई कही।
तन पर परतों पर परत चढ़ी।
फिर भी ये आँचल झीना है
मन पर जो ज़ख़्म झलकते हैं
ये कढ़ा हुआ पश्मीना है।

यायावर माँग भरी जिसने
वो वैरागी-सिन्दूर, अमर।

एक नई उमर के फागुन में
मेरे सेन्दुर को लगी नज़र
तृष्णा भटकी द्वारे-द्वारे
निष्ठा भरमाई डगर-डगर।
तेरे चुम्बन-आलिंगन में
मेरी कल्पना जवान हुई
आशाओं के पर उग आए
मौसम से भी पहचान हुई।

कब तक शरणार्थी बन ठहरूँ
उत्तर दो मेरे प्रीत नगर।

सूरज बुझा दूँगी मैं

युग-युग तक दुख सहा
नहीं कुछ कहा मगर अब
सहूँगी नहीं, मैं चुप रहूँगी नहीं
सूरज बुझा दूँगी मैं।
घुँघटा जला दूँगी मैं।

धीरज बाँध-बाँधकर मैं
हर जीती बाज़ी हारी थी
अर्धांगिनी बनकर भी मैं
कहलाई अबला नारी थी।

बचपन से यौवन तक मैंने
त्याग की शिक्षा पाई थी
चार बूँद आँसू ही आख़िर
मेरी कठिन कमाई थी।

हृदय की अगनी जलती धू-धू
अन्तर की ज्वाला में आँसू
सुखा दूँगी मैं, सूरज बुझा दूँगी मैं
घुँघटा जला दूँगी मैं॥

हो ग़रीब या हो अमीर
इज़्ज़त तो इज़्ज़त होती है

धर्म कोई भी हो ये इबादत
सिर्फ़ इबादत होती है।

दुल्हन हूँ बाज़ार नहीं हूँ
आँसू का व्यापार नहीं
सोने के सिक्कों के बदले
जलने को तैयार नहीं।

अब कोई अबला कहे न मुझको
ज़ोर-ज़ुल्म के हर परचम को
झुका दूँगी मैं, सूरज बुझा दूँगी मैं
घुँघटा जला दूँगी मैं॥

ज़िन्दा आग में जलने को
कल राम ने था मजबूर किया
मैंने अपनी पवित्रता का
चिता में बैठ सुबूत दिया।

मेघनाद की करनी का फल
सुलोचना को मिलता है
राजपूत रण हारे पर
रानियों पे जौहर खिलता है।

आज दहेज़ के जौहर जन्मे
काजल से इतिहास के पन्ने
रँगा दूँगी मैं, सूरज बुझा दूँगी मैं
घुँघटा जला दूँगी मैं॥

मेरी एक मासूम सखी
सुन्दर सुशील सुकुमारी

पढ़ा-लिखा पति मिला सुदर्शन
था पर एक जुआरी।

सिगरेट से तन जला-जलाकर
सारे ज़ेवर छीने थे
पाँव पकड़कर भीख़ दया की
माँगी थी उस लड़की ने।

इक दिन बोला मैके जाकर
पिता से पैसे ले आओ
पाँच हज़ार दहेज़ में कम थे
फ़ौरन मुझको दिलवाओ।

लड़की के इनकार पे बिजली
का एक तार निकाला
बेबस के तन से लिपटाकर
तन कोयला कर डाला।

न्याय न जागा तो है वादा
ऐसे ग़द्दारों को काँधा
लगा दूँगी मैं—सूरज बुझा दूँगी मैं
घुँघटा जला दूँगी गैं॥

कहीं सास ने कहीं ननद ने
कहीं पिया ने मारा
इस दहेज़ की नागिन ने ही
विष उगला है सारा।

जनम-जनम तक क्वाँरी रहना
ये तो है मंज़ूर मुझे

लहू बहाकर मिले अगर तो
महँगा है सिन्दूर मुझे।

मेहँदी पायल कजरा गजरा
की होली जलवा दूँगी
पहुँचेंगे जो हाथ जिस्म तक
उनकी चिता जला दूँगी।

जीवन नरक बना दे, वो
भरतार नहीं होता है
जीवन बहुत कठिन है
चन्दन हार नहीं होता है।

बिना लजाए तोड़ूँ चूड़ियाँ
अपने हाथों सेन्दुर-बिंदिया
मिटा दूँगी मैं—सूरज बूझा दूँगी मैं।
घुँघटा जला दूँगी मैं॥

पूरब पश्चिम उत्तर दक्षिण

पूरब पश्चिम उत्तर दक्षिण कहाँ न उसका धाम।
सारे मानव खोज रहे हैं अपने-अपने राम ॥

(1)

तुलसी, वाल्मीकि पढ़कर,
कोई इसे कहानी ही समझे।
प्रश्न बहुत हैं, नहीं हैं उत्तर,
जो उत्तर वो भी उलझे ॥

राम मनुष्य न थे ईश्वर थे,
सन्तों ने बतलाया है।
बनना राम असम्भव है,
मानव की समझ में आया है ॥

आदर्शों और सत्य बीच सब,
झूल रहे जीवन झूला।
रावण की ही विजय हो रही,
राम स्वयं को ही भूला ॥

थके पाँव, जर्जर आस्थाएँ हर व्यक्तित्व अनाम।
सारे मानव खोज रहे हैं अपने-अपने राम ॥

(2)

राम नहीं मिलते मन्दिर में
ना पूजन ना अर्चन में।
राम कहाँ से पा लोगे तुम,
मूरत में और पाहन में?

अगर राम दर्शन करना है,
जीवन का सम्मान करो।
मानवता में राम हैं,
मानवता का मत अपमान करो॥

राम तो मिलते प्रेम नगर में,
राम मिलेंगे चिन्तन में।
राम मिलेंगे दीन-दुखी में,
राम मिलेंगे अँसुवन में॥

प्रेम, कर्म, श्रद्धा, सहृदयता, राम के कितने नाम।
सारे मानव खोज रहे हैं अपने-अपने राम॥

(3)

कोई खोजता दौलत में,
कोई खोजे शक्ति के आँगन में।
कोई तीरथ-पर्व में ढूँढ़े,
कोई जोगी बनकर वन में॥

लूटपाट हत्या जबरन,
सड़कों बाज़ारों में प्रतिदिन।
कितने ही रावणों के हाथों,
हरी जाय सीता निशदिन॥

कितने बच्चे हैं ग़ुलाम,
ठोकर ही खाकर जीते हैं।
बूढ़े मौत प्रतीक्षा करते,
अपने आँसू पीते हैं॥

जाने कब इक बर्बरता का होगा काम तमाम।
सारे मानव खोज रहे हैं अपने-अपने राम॥

(4)

राम रहें निष्पाप हृदय में,
राम सरलता में रहता।
राम एक आन्दोलन है,
रग-रग में लहू बनकर बहता॥

धरम नहीं है, ज़ात नहीं है,
ऊँच-नीच का भेद नहीं
राम तो है जल का स्वरूप,
वो काला और सफ़ेद नहीं॥

राम हमारी परछाईं है,
राम निरन्तर साथ में है।

क़िस्मत की रेखाएँ बनकर,
राम हमारे हाथ में है॥

राम विचार है, राम कर्म, और राम ही हैं परिणाम
सारे मानव खोज रहे हैं, अपने-अपने राम॥

(5)

राम न हिन्दू राम न मुस्लिम
ना वो सिक्ख-ईसाई है।
राम तो है बस एक चेतना,
हर प्राणी में समाई है॥

रावण को हर साल जलाया,
फिर भी रावण जला नहीं।
इसका मतलब है रावणपन,
अभी खून से मिटा नहीं॥

काश सदा के लिए मरे,
रावण हर साल न ज़िन्दा हो।
रावण से बेटे पाकर,
भारत माँ ना शर्मिन्दा हो।

तब आएगा रामराज्य जब कर्म करें निष्काम।
सारे मानव खोज रहे हैं अपने-अपने राम॥

(6)

मिट्टी के कण-कण में देखो,
राम रमय्या रमा हुआ।
हर मनुष्य के रोम-रोम में,
राम नाम है लिखा हुआ॥

साँस में है धड़कन में है,
संस्कृति में है, हर दृष्टि में है।
राम प्रकृति की हर करवट में,
राम ही पूरी सृष्टि में है॥

राम समय है, राम काल है,
राम प्रेम का नारा है।
राम शान्ति का सुखद किनारा,
राम मुक्ति की धारा है ॥

राम ही पथ है, राम ही यात्रा, राम नाम विश्राम।
सारे मानव खोज रहे हैं अपने-अपने राम ॥

आई फिर होली

पिछले बरस की जो होली थी वो, होली।
अब के बरस सखी आई फिर होली ॥

ज़िन्दगी के रंग दूँगी गाल देखना।
छीन लूँगी प्यार का रूमाल देखना ॥

(1)

फागुनी महीना है अन्त में ही आता है।
रंगों का उमंगों का पिटारा देके जाता है ॥
नई-नई कलियाँ, नए फूल आते हैं।
भँवरे भी टहनी पे झूल-झूल जाते हैं ॥

फूलेंगे ये टेसू और पलाश देखना।
खिलेंगे सुनहरे अमलतास देखना ॥
डालियाँ भी बौर से बौराने लगेंगी।
वादियाँ जो गूँगी हैं वो गाने लगेंगी ॥

होगी गुलमोहर गुलाल देखना।
पेड़ों पे उगेगी नई छाल देखना ॥
ज़िन्दगी के रंग दूँगी गाल देखना।
छीन लूँगी प्यार का रूमाल देखना ॥

(2)

गोरे-गोरे बादल आवारगी पे आएँगे।
पर्वतों के पीछे-पीछे जाके छुप जाएँगे॥
हवाएँ बसन्ती देख लेना बतियाएँगी।
यौवन की चिट्ठियाँ भी धीरे-धीरे आएँगी॥

सवालों की होगी इक किताब देखना।
देते नहीं बनेंगे जवाब देखना॥
चाँद भी बनेगा आफ़ताब देखना।
पानी बन जाएगा शराब देखना॥

जवानी की होगी नई चाल, देखना।
बूढ़ों में भी आएगा उबाल, देखना॥
ज़िन्दगी के रंग दूँगी गाल देखना।
छीन लूँगी प्यार का रूमाल देखना॥

(3)

रंगों की गुलेल-सी चलेगी मेरी ननदी।
साड़ी भी बदलने न देगी मेरी ननदी॥
रंग भरे ताल में मैं उसको डुबाऊँगी।
मूरत गुलाल की मैं उसको बनाऊँगी।

कमरे में जाएगी वो चोरी-चुपके।
शीशे में निहारेगी वो रूप छुप के॥
माँग में गुलाल और भर लेगी वो।
आईने को चूम प्यार कर लेगी वो।

शादी हो जाएगी इसी साल देखना।
होगा ननदोइया निहाल देखना॥

ज़िन्दगी के रंग दूँगी गाल देखना।
छीन लूँगी प्यार का रूमाल देखना॥

(4)

सासू जी के माथे पे, रोली मैं लगाऊँगी।
अपने ससुर जी के पग पड़ जाऊँगी॥
देवर जो मेरा है वो भोला अनजाना है।
कहता है सबसे कि भौजी का दीवाना है॥

घेर लूँगी उसे पिचकारियों से मैं।
नई-नई नाज़ुक कुमारियों से मैं॥
बीच में रहूँगी नहीं बाधा बन के।
कोई तो मिलेगी उसे राधा बन के॥

झुकेगी चमेलियों की डाल, देखना।
होली में ही होते हैं कमाल, देखना॥
ज़िन्दगी के रंग दूँगी गाल देखना।
छीन लूँगी प्यार का रूमाल देखना॥

(5)

बाद इसके जो भी मैं सुनाऊँगी न सुनना।
बार-बार हँस के लिखाऊँगी न लिखना॥
पिछली थी होली तन-मन लगे डोलने।
मुझको पियाजी, पिया-पिया लगे बोलने॥

होगी इस होली में ठिठोली, लिख लो।
तन बन जाएगा रंगोली, लिख लो॥
जाने क्या-क्या होगा हमजोली, लिख लो।
जहाँ चाहो वहाँ होली-होली, लिख लो॥

होली जज़्बातों का है माल, लिख लो।
होली की है उम्र सोला साल, लिख लो॥
ज़िन्दगी के रंग दूँगी गाल देखना।
छीन लूँगी प्यार का रूमाल देखना॥

(6)

आँखों से ही आँखों में चलेंगी पिचकारियाँ।
दिलों की जो बन्द हैं, खुलेंगी अलमारियाँ॥
फीके-फीके रंगों को हम, हाथ न लगाएँगे।
चटक-चटक प्रेम-चूनर रँगाएँगे॥

होंगे नहीं घृणा के निशान देखना।
ना तो होंगे तीर ना कमान देखना॥
पूरे होंगे सारे अरमान देखना।
एक होगा मेरा हिन्दुस्तान देखना॥

खोटा माल होगा खरा माल देखना।
ग़द्दारों का होगा बुरा हाल देखना॥
ज़िन्दगी के रंग दूँगी गाल देखना।
छीन लूँगी प्यार का रूमाल देखना॥

मेघ तुम्हारी यादों के

लो फिर घिर आए मेघ तुम्हारी यादों के!

भावों की आँधी धूल सनी
झकझोर गई मन का तरुवर
पीले पत्तों के जर्जर-तन
उड़-उड़कर पथ पर गए बिखर।
प्राणों पर तीखे बाण चले उन्मादों के।
लो फिर घिर आए मेघ तुम्हारी यादों के॥

सुरभित श्वासों की तीव्र-गन्ध
बहकी-पुरवाई संग आई
सुध-बुध भूला मन मुग्ध हुआ
अन्तर में गूँजी शहनाई।
पिंजरे की मैना तड़प रही बिन पाँखों के।
लो फिर घिर आए मेघ तुम्हारी यादों के॥

पुरवा के नाम

पलकों के तीर झुकी शाम,
पत्र लिखे पुरवा के नाम।

सर्पीला मन बाँधा नाद के सँपेरों ने
किरणों को छेक लिया रेशमी अँधेरों ने
मन की क्वाँरी बाला अनब्याही बैठी है
तन से तन लूट लिया सिर्फ़ सात फेरों ने।

बदली ने लूट लिया घाम।
पत्र लिखे पुरवा के नाम॥

कस्तूरी महक रही मृग के आलिंगन में
रोम-रोम अनल बहे, अनचाहे चुम्बन में
रूप के दुआरे पर काजल की चौक पुरे
बाँहों के थकन भरे सच के आमंत्रण में।

वनवासी अन्तर का राम।
पत्र लिखे पुरवा के नाम॥

अश्रुदीप झिलमिल हैं रात बड़ी काली है
मेरे घर-आँगन में रोज़ ही दीवाली है
गोदी की कलियों को सावन से सींचूँ मैं

माँग में सिमट आई फागुन की लाली है।
वीतराग बरबस ले थाम।
पत्र लिखे पुरवा के नाम ॥

होली

ऐसी होली खेली सखी इस साल
कि मैं तो लालो-लाल हो गई
सारा जग लगे हीरा-मोती-लाल
मैं मोतियों का थाल हो गई।

राधा ने जो खेली थी साँवरिया के संग
मैंने भी सखी री अपनाया वही ढंग
नैन पिचकारी मारी तक-तक-तक
पिया के गले से लागी छलक-छलक
मलमल की चुनर रंग लाल, जो खिंची तो रूमाल हो गई।
ऐसी होली खेली...

लहँगा लहर गया अँगना, गली
चोली भीज-भीज के करे थी चुगली
देवर-री लागी हर छेड़खानी
ताने मोहे लागे ज्यों ननद रानी।
सारा शहर लगा रे ससुराल, नजरिया कमाल हो गई।
ऐसी होली खेली...

लाल-हरा-नीला-पीला रंग बैंजनी
ऐसा उड़ा खोय गई मेरी पैंजनी
नाचे मोरे नैन जैसे तैरे मछली
मछुए कहें रे फँसली रे फँसली।

हुई ज़ुल्फ़ें मछेरों वाला जाल हवा की ऐसी चाल हो गई।
ऐसी होली खेली...

पिया अंग लग लग साँवरी हुई
जनम-जनम को मैं बावरी हुई
बिना गुन-ढंग जादू-टोना हो गई
मिट्टी मेरा तन था मैं सोना हो गई
जब गले पड़ी बहियों की माल तो मैं तो मालामाल हो गई।
ऐसी होली खेली...

प्रेम जैसे गाढ़े-गाढ़े रंग में रँगी
मेरी बिन्दी सजना के गाल पे सजी
ना तो कहीं सागर ना ताल ना नदी
जाने कैसे पानियों में डूबी मैं सखी।
मेरी उमर हो जो भी इस साल, लगे के सोला साल हो गई।
ऐसी होली खेली...।

सावन ले अँगड़ाई

प्रिय की पाती की आशा में, आँख मेरी पथराई
पिया को सुध ना आई।
निर्मोही से जोड़ के नाता मैं तो बहुत पछताई
ये कैसी लगन लगाई ॥

पनघट सूना, राहें सूनी, सपनों की अमरइया सूनी
पीर सुहागिन हँस-हँस डोले अरमानों की शैया सूनी
प्रीत कजरवा नैनन भर, अँसुवन की ज्योति जलाई।
विरह को नींद न आई ॥

सौगन्धों की कितनी गाँठें मेरे आँचल में बँधवाई
पीर की धूप पड़ी कुछ ऐसी अन्तर की कलियाँ कुम्हलाईं
आँखों से निंदिया रूठ गई सपनों से हुई ना सगाई।
ये सावन ले अँगड़ाई ॥

नीर चाँदनी ले अँजुली में लहर ने मुखड़ा धोया
मैंने लहरों के टूटे कंगूरों में, निज सपना खोया
पर यह आस निगोड़ी, मेरे अन्तर में भरमाई।
किनारे नाव न आई ॥

तुम मौन हो

आ रहा तूफ़ान और तुम मौन हो
विकल मेरे प्राण और तुम मौन हो।

आज जीवन की उजाली राह पर
क्या पता क्योंकर अँधेरा छा रहा
चाँद-तारे खो चुके हैं रोशनी
सूर्य में भी ज़ंग लगता जा रहा।
बादलों की छाँव धरती का क़फ़न
आँसुओं की ओस में भीगा हुआ
पवन की निर्जीव ठंडी उँगलियाँ
कर रही मातम अजब डूबा हुआ।

हर मृदुल चाहत जनाज़ा बन चली
ये डगर अनजान और तुम मौन हो॥

इक जलाया था अँधेरे में दिया
आस थी, कुछ खोजने की चाह थी
उस दिये ने ही जलाया मेरा घर
जलते घर की फिर किसे परवाह थी।
रात भी सिसकारियाँ भरती रही
और तम के कारवाँ चलते रहे
जब अकेलेपन में छेड़ी रागिनी

हिचकियों में गीत भी घुलते रहे।

ये थकी बोझिल उनींदी-सी पलक
हो रही पाषाण, और तुम मौन हो ॥

मंज़िल मिल जाती

आश्वासन की डोरी क्यों तोड़ी साथी
अच्छा होता भेजी ना होती पाती।

तुम दूर गगन-दर्पण में मुस्काते थे
प्रतिबिम्ब चुराने नैना भर आते थे
नभ से नैनों तक बँधी किरण की डोरी
फिर भी, पारे-से अश्रु, टूट जाते थे
मुझको चौंकाकर क्यों सपना ये तोड़ा?
पलने देते शायद रजनी ढल जाती।

तुम ले आए मधुमास, छीन मधुवन से
भर दी काँटों की माँग सुमन सेन्दुर से
फिर परदेसी बन प्रीत करी पतझर से
काँटे सिसके मृदु-पात झरे निर्झर से।
तुम बादल बन के तपन बुझा ना पाए
बरसे होते तो कली नहीं मुरझाती।

वंशी की गुंजन में

सुधि आई सपनों की आली कजरा भर नैनन में
सिन्दूरी सन्ध्या झाँक रही अम्बर के दरपन में।

कुमकुम के उठे बुलबुले नीलाम्बर घट में
सुरमई साँझ की लाज सजी बादल पट में।

मुँहबोली ननदी-सी कहतीं घड़ियाँ कुछ नैनन में॥

पथ बीच पड़ी पाषाणी जोगी दर्शन को
मिल जाएँ धूल भरे पग मेरे तर्पण को।

प्रगटे दिशा में राम, मिला गंगा-जल, कण-कण में॥

ब्रज के आँगन से निकली छाया-सी राधा
अर्पित तन-मन कर बैठी अर्घ्य बनी राधा।

थी राग जोगिया की सरगम वंशी की गुंजन में॥

मैं मधुमय जीवन क्या जानूँ?

मैं मधुमय जीवन क्या जानूँ? मैं मधुमय जीवन क्या जानूँ?
आशा से दूर निराशा को ही मैं जीवन अपना मानूँ।

मैं हूँ नव-नीरस-नवल-कली
जो खिल न सकी मिट जाय चली
जीवन के स्वर्णिम-स्वप्नों से
हो दूर निराशा बीच पली।
सपनों से परिचय नहीं मेरा, मैं स्वप्न चुराना क्या जानूँ?

होंठों पर कोई चाह नहीं
नैनों में मेरे प्यार नहीं
मैं एक निराश्रय तिनका हूँ
कोई जीवन आधार नहीं
सूनी-सूनी आँखें मेरी, खिलकर मुस्काना क्या जानूँ?

तू जितना भी चाहे चन्दा
इस अमिट गगन पर मुस्काले
अपनी मधुमयी-चाँदनी संग
मनमाना मधु तू बरसा ले।
मैंने तो अब तक ज़हर पिया, इस मधु को पीना क्या जानूँ?
मैं मधुमय जीवन क्या जानूँ?

मेरी जीवन वीणा मुझसे

अब रूठ गई झनकार नहीं
अवरुद्ध हो गया कंठ मेरा
आती कोई मल्हार नहीं।
फिर भी कहते हो गीत सुना, मैं गीत सुनाना क्या जानूँ?

तुम चन्दनवन, मैं मेहँदीवन

कर गया तेरा पारस चुम्बन
तन भी कंचन, मन भी कंचन
तेरा-मेरा ये मधुर मिलन
तुम चन्दनवन, मैं मेहँदीवन।

अधरों पर राज अधर का है
सौभाग्य नहीं पल भर का है
नाता धरती-अम्बर का है
बन्धन मन की भाँवर का है।
जब इन नैनों में झाँक लिया
छोड़ा दरपन, तोड़ा दरपन।

ढलकाया नस-नस में वो रंग
बज उठे हज़ारों जल-तरंग
हो गया समर्पित अंग-अंग
उड़ चली डोर के संग पतंग।

प्यासे तन के इस आँगन में
तरसा सावन, बरसा सावन।

मेरी सुधियों के पाले हैं

मेरी सुधियों के पाले हैं बिखरे जो अम्बर पर तारे
तैर रहे हैं डूब रहे हैं घनी पलक में साँझ-सकारे।

जब थककर मेरी परछाईं
मुझमें ही आकर मिल जाती
जब चन्दा की ललित कलाएँ
मेरे आँगन रास रचातीं
ये चुपचाप उतर आते हैं नैन-गली के बीच हमारे।

चतुर्दिशा से गूँजी वंशी
फैली आँगन में चादर बन
मेरे अस्फुट स्वर की हिरनी
मचले ज्यूँ व्याकुल राधा-मन
इसीलिए नथ पे टाँके हैं उस कान्हा ने दाग़ हमारे।

माथे की पगडंडी पर ये
गन्धरहित पलाश फूला है
ज्यूँ ब्याहे सावन के द्वारे
बिन सजनी सूना झूला है।
कजरी कैसे गोद खिलाऊँ मेरी सरगम बाँझ पुकारे।

गगन जाल से टूटा तारा
दमका उड़ा लकीर बन गया

इधर नयन का एक सितारा
चमक बहा लकीर बन गया
दो रेखाओं की सीमाएँ बाँधे मेरे अधर कुँवारे।

अगले जनम मोहे बिटिया न कीजो

अगले जनम मोहे बिटिया न कीजो।
कीजो तो जल्दी उठाय मोहे लीजो।

काग़ज़ के फुलवा से कैसे आवे खुसबू?
प्यार-ममता बेटी देवे, पावे बस आँसू।
बेटवा के जन्मे, बँटत गुड़ की लिटिया।
बन की चिरैया कीजो पिंजरा न दीजो।
दीजो तो जल्दी उठाय मोहे लीजो।

दोनों जहाँ के मालिक सुनो मोरी अर्जी
नरक भले ही दीजो जो हो तोरी मर्जी।
पाथर बनाय दीजो कोइला बनइयो
मिट्टी बना के मोहे मिट्टी में मिलइयो।
बहुत उठाए दुख और ना दीजो
दीजो तो जल्दी उठाय मोहे लीजो
अगले जनम...।

कहो श्याम मेरे
(रुक्मिणी-कृष्ण संवाद)

रुक्मिणी : कहो श्याम मेरे, चारों धाम मेरे
सन्देह मिटा दो, मुझको इतना बता दो
राधा कैसी थी?
राधा कैसी थी?

कृष्ण : सुनो रुक्मिणी रानी, तूने रार क्यूँ ठानी
सन्देह न लाओ–ना यूँ रात गँवाओ
राधा जैसी थी
बस वैसी थी।

रुक्मिणी : देखो छलिया न बातें बनाओ
सच क्या है ये मुझको बताओ
क्या वो मुझसे भी रूपवती थी
क्या वो मुझसे भी ज़्यादा सती थी?
अब न इतना सताओ–मेरी उलझन मिटाओ
राधा कैसी थी?
राधा कैसी थी?

कृष्ण : राधा थी बरसाने की ग्वालन
भोली-भाली सी एक गँवारन
न थी रूपवती महारानी
न सती थी न कोई सयानी।

बस तुम इतना ही जानो, सच कहता हूँ मानो
राधा जैसी थी
बस वैसी थी।

रुक्मिणी : न तो उससे पड़ी तोरी भाँवर
फिर क्यों प्राण हैं उस पे निछावर?
न वे गुणवन्ती न सयानी
फिर क्यों हो गई अमर ये कहानी
अब न भेद छुपाओ—यूँ न बात उड़ाओ
राधा कैसी थी?
राधा कैसी थी?

कृष्ण : तेरी ज़िद है तो लो कहता हूँ
उसके ध्यान में ही रहता हूँ।
उसका मनवाँ पवित्र बड़ा था
उसने प्रेम का ग्रन्थ पढ़ा था।
सन्देहों से दूर थी राधा
निर्भय भरपूर थी राधा।
राधा में अहंकार नहीं था,
प्रेम था, व्यापार नहीं था।
राधा में कोई डाह नहीं थी
रानी बनने की चाह नहीं थी।
विश्वास ही था उसका धन
उसने कर दिया पूर्ण समर्पण।
राधा शक्ति है उससे मैं पूरा
राधा बिना मेरा नाम अधूरा।
आगे पूछोगी कुछ न कहूँगा।
अपने प्राणों को पल में तजूँगा।
जितनी बार मैं राधा सुनूँगा।
तिल-तिल करके मैं उतना गलूँगा

फिर तू मुझको न देख सकेगी।
मेरी परछाईं भी न मिलेगी।
न यूँ पीड़ा बढ़ाओ, अब ना कहना सुनाओ
राधा कैसी थी?
राधा कैसी थी?

रुक्मिणी : नहीं ऐसा ना करना मुरारी
क्षमा कर दो मैं मूरख नारी।
तू ही राधा तू ही बनवारी
तोरी राधा पे मैं बलिहारी।
राधा रानी में श्याम समाए
तुझमें राधा के दर्शन पाए।
अब ना सौतिया डाह करूँगी
तोरी दासी हूँ–दासी रहूँगी
पार नैया लगावो, मेरी भूल भुलाओ
राधा जैसी थी
तेरे जैसी थी।
राधेश्याम मेरे
राधेश्याम मेरे!!

बिन राधा कृष्ण आधा

बिन राधा कृष्ण आधा (बाँसुरी की तान)

मैं राधा बावरिया, कृष्ण विरह में विक्षिप्त हूँ।
सोई हूँ पर जागृत हूँ, जीवित हूँ पर मृत हूँ।

ना मैं गीता, ना मैं गायत्री,
ना मैं सीता, ना मैं सावित्री।
ना इन्द्राणी, ना ब्रह्माणी,
ना गुणवन्ती, ना महारानी॥
ना मैं रती हूँ, ना मैं सती,
मैं हूँ साधारण, एक स्त्री।
मैं तो कृष्ण का रूप हूँ आधा,
एक बेचारी बिरहिन राधा॥

श्याम ही मेरा मौसम है,
श्याम ही मेरा हर रंग है।
श्याम ही मेरी साँसें हैं,
श्याम ही मेरा अंग-अंग है॥

एक सपना-सा जागती आँखों में छुपा के।
चूनर को हरी-हरी दूब पर बिछा के॥
कुछ गुनगुनाते हुए, हँसते-मुस्कुराते हुए।
अश्रुजल छलकाते हुए, अग्नि में नहाते हुए, तूलिका से–

अपने मनमोहन का चित्र बना रही हूँ।
मन ही मन हर्षा रही हूँ॥

कान्हा! तुम क्या सुन्दर हो? नहीं...नहीं मैं तुम्हें अति सुन्दर बनाऊँगी।
तुम चितचोर हो, चित्त को चुराते हो ना?...
ये चित्र तुम्हें बार-बार दिखाकर तुम्हारा चित्त चुराऊँगी
मैं तुम्हारी सोलहों कलाओं को अपनी आँखों से पी जाऊँगी॥
तुम्हारी उपेक्षाओं से भरी राधा, अब मरेगी नहीं, जी जाएगी।
वो हर विष को अमृत करके पी जाएगी॥

तुम देखना!
मैं तुम्हारी बाँसुरी को चुराकर कहीं दूर जंगल में फेंक आऊँगी।
इस चित्र में, तेरे होंठों से, इसे नहीं लगने दूँगी॥
फिर किस तरह तान सुना-सुनाकर मुझे पागल बनाओगे?
अब तो जो गीत मैं अपने अधरों से तुम्हारे अधरों पर लिखूँगी–
बस...तुम वही गाओगे।
अब मैं ही तुम्हारी बंसी हूँ, मैं ही तान हूँ।
तुम मेरा प्रणय हो, मैं तुम्हारी प्रान हूँ॥

देखो ना! कितने मोहक लगते हो तुम, बिना बाँसुरी के?
बाँसुरी होती है तो ना तुम होते हो ना मैं।
होती है केवल सौतन बाँसुरी की मधुर लय॥

ये जो तुम्हारे नैन मैंने चित्र में बनाए हैं,
इन्हें तिरछा नहीं किया सीधे ठहराए हैं।
ताकि तुम इधर-उधर, अन्य गोपियों को न देख सको।

तुम्हारे चारों ओर मैंने कँटीली झाड़ियों को लताओं से लपेट दिया है
ताकि तुम बेबसी से, राधा को नहीं, अपनी सहायता के लिए–
मेरी आँखों में झलकते कृष्ण को ही बार-बार पुकारो।

मैं राधे-राधे पुकारूँ तुम कृष्ण-कृष्ण उच्चारो ॥
कितना आनन्द आ रहा है, भँवरा चुपचाप खड़ा है,
फूल मँडरा रहा है ॥

इधर-उधर घूम-घूम, ये कपोल चूम-चूम,
प्रीत की मनुहार में, सावनी बयार में।
हृदय भींच, खींच-खींच
प्रेमामृत सींच-सींच ॥
बाँहों के झूले डाल, संग झूलूँ तीव्र चाल,
दूर गगन तक उछाल, कर दूँ तुझको निहाल!

का करिहो नन्दलाल?
नन्दलाल...नन्दलाल... ॥

तुम साँवरिया हो। कारे हो ना?
मैं तुम्हारी नस-नस में,
अपने तन की चाँदनी भरकर, तुम्हें चाँद-सा बनाऊँगी।
तुम्हारा नीलवर्ण, अपने तन पर उबटन की तरह लगाकर,
मैं स्वयं साँवरिया बन जाऊँगी ॥

आओ सखियो मेरे पास आओ देखो...
मेरे कान्हा का नवीन चित्र,
इनका ये रूप विचित्र!
इनके सब अंगों को मैंने अपनी तूलिका से–
रच-रचकर बनाया है।
सारा शरीर, अपनी धड़कनों की ताल पर,
तोल-तोलकर धड़काया है।
सजाया है, सँवारा है,
अब यही तो मेरे जीने का सहारा है ॥
तुम सब मुझसे पूछती हो–'ए राधा!

इस चित्र में तूने कान्हा कितने प्यारे दर्शाए हैं
पर तूने इनके पाँव क्यूँ नहीं बनाए हैं?'

पाँव? बस यही मेरे इस चित्र की कहानी है, कथा है।
यही तो मेरे विरह और आँसुओं की व्यथा है।
ये छलिया फिर से मुझे ठुकराकर मथुरा न भाग जाए,
इसलिए मैंने, इन निष्ठुर के पाँव नहीं बनाए।
पाँव नहीं बनाए...।
पाँव नहीं बनाए...।

ये अधूरा कृष्ण अधूरा ही रहेगा, बिन राधा।
क्योंकि बिन राधा कृष्ण आधा! बिन राधा कृष्ण आधा!!

बिंदिया

हर शख़्स को दीवाना बना देती है बिंदिया
पलकों पे नए ख़्वाब सजा देती है बिंदिया॥
पानी भरी बोतल में, झलक बिंदिया की पड़ जाए–
पानी को भी शराब बना देती है बिंदिया।
क्या ख़ूब है बिंदिया...क्या ख़ूब है बिंदिया॥

(1)

चौकोर है, लम्बी है, कभी गोल है बिंदिया।
कहने को है सस्ती मगर अनमोल है बिंदिया॥
आँखों के तराज़ू का काँटा तोल है बिंदिया।
जो बोल कह सको न वही बोल है बिंदिया॥
गूँगे अधर को अपनी ज़ुबाँ देती है बिंदिया।
पानी को भी शराब बना देती है बिंदिया॥
क्या ख़ूब है बिंदिया...क्या ख़ूब है बिंदिया॥

(2)

बोले कोई है फूल, कोई बोले सितारा।
शबनम कोई कहता, कोई कहता है अंगारा॥
कुछ झलकी देख कहते हैं, लो चाँद उगा नव।
कोई कहे देखो दिये की जलने लगी लौ।
अँधियारे में चराग़ जला देती है बिंदिया।
पानी को भी शराब बना देती है बिंदिया॥
क्या ख़ूब है बिंदिया...क्या ख़ूब है बिंदिया।

(3)

कोई कहे उगता हुआ सूरज है बिंदिया।
कोई कहे तालाब का पंकज है बिंदिया॥
कोई कहे सिंगार है सज-धज है ये बिंदिया।
कोई कहे संसार का अचरज है बिंदिया॥
बिजली की चमक फीकी बना देती है बिंदिया।
पानी को भी शराब बना देती है बिंदिया॥
क्या ख़ूब है बिंदिया...क्या ख़ूब है बिंदिया।

(4)

बिंदिया नहीं होती तो गणित नव नहीं होता।
बिंदिया नहीं होती तो दशमलव नहीं होता॥
बिंदिया न होती, बोलते-लिखते ही जाते आप।
अंग्रेज़ी में लगाते कहाँ आप फुलस्टॉप?
गिनती को जितना चाहो बढ़ा देती है बिंदिया।
पानी को भी शराब बना देती है बिंदिया॥
क्या ख़ूब है बिंदिया...क्या ख़ूब है बिंदिया।

(5)

हिन्दी के बीच लग गई बिन्दी, तो है हिन्दी
उर्दू में ग़ज़ब का है इस्तेमाल, ये बिन्दी॥
कवियों का गीत बनके सँवरती है ये बिंदिया।
शायर की ग़ज़ल बनके निखटती है ये बिंदिया॥
जो लिखना हो मुश्किल वो लिखा देती है बिंदिया।
पानी को भी शराब बना देती है बिंदिया॥
क्या ख़ूब है बिंदिया...क्या ख़ूब है बिंदिया।

हमको द्वापर की होगी सदा लालसा
श्याम निश्चित ही आएँगे, ये तो है तय।
आत्माएँ मिलें, फिर कथाएँ बनें, रास का रंग हो, राधिका संग हो
दिव्य-रस में नहाते रहेंगे
जन्म ले-ले के... ॥

(6)

शादीशुदा औरत की तो ये शान हो गई।
क्वाँरी लगाए समझो वो जवान हो गई ॥
श्रद्धा का तिलक बनती है हर अनुष्ठान में।
बिंदिया का बड़ा मान है हिन्दोस्तान में ॥
नारी की प्रतिष्ठा को बढ़ा देती है बिंदिया।
पानी को भी शराब बना देती है बिंदिया ॥
क्या ख़ूब है बिंदिया...क्या ख़ूब है बिंदिया।

(7)

तू ही बसी है दिल में और तू ही है जान में।
बिंदिया को चूम के कोई बोला दलान में ॥
हर मनचले को सीख है रक्खे ये ध्यान में।
बिंदिया है सिन्दूरी तो है मालिक मकान में ॥
तबीयत भी जम के साफ़ करा देती है बिंदिया।
पानी को भी शराब बना देती है बिंदिया ॥
क्या ख़ूब है बिंदिया...क्या ख़ूब है बिंदिया।

(8)

माथे पे लगा लो नहीं ज़ात का बन्धन।
जो भी लगाए उसके है माथे का ये चन्दन ॥
नग हों जड़े तो पल में ही बन जाती है दरपन।
सिन्दूरी हो तो दिल की बढ़ा जाती है धड़कन ॥
हर रंग में साजन को रँगा देती है बिंदिया।
पानी को भी शराब बना देती है बिंदिया ॥
क्या ख़ूब है बिंदिया...क्या ख़ूब है बिंदिया।

(9)

फ़ैशन हज़ार कर लें ज़माने की लड़कियाँ।
गहने हज़ार पहनें ज़माने की लड़कियाँ॥
खिलते हों भले गालों पे बेइन्तिहा गुलाब।
बिंदिया के बिना रंग तो लाता ना है शबाब॥

मुखड़े पे चार चाँद लगा देती है बिंदिया।
पानी को भी शराब बना देती है बिंदिया॥
क्या ख़ूब है बिंदिया...क्या ख़ूब है बिंदिया।

(10)

जब प्यार लुटाती है लिपट जाती है बिंदिया।
साजन की क़मीज़ों से चिपक जाती है बिंदिया॥
गुस्से में कटारी-सी नज़र आती है बिंदिया।
और रूठ के आँखों में उतर आती है बिंदिया॥
मस्तक बड़ों-बड़ों के झुका देती है बिंदिया।
पानी को भी शराब बना देती है बिंदिया॥
क्या ख़ूब है बिंदिया...क्या ख़ूब है बिंदिया।

कृष्ण ही कृष्ण गाते रहेंगे

मोक्ष पाके भला क्या करेंगे
जन्म ले-ले के आते रहेंगे।
कृष्ण ही कृष्ण गाते रहेंगे,
प्रेम उनसे निभाते रहेंगे॥

मर के जाएँगे हम, कब कहाँ किस तरफ़?
शून्य में शून्य बनकर समा जाएँगे।
ज्योति में ज्योति बनकर चमक भी गए
पर सँवरिया को कैसे निरख पाएँगे?
लोग कहते हैं ईश्वर निराकार है, पर हमें शायद श्याम सुन्दर की दरका
रो के उनको बुलाते रहेंगे
जन्म ले-ले के आते रहेंगे॥

जब हो अन्तिम समय कामना ये करें
हमको फिर से धरा पे जनम दीजिए।
कोई भी रूप हो ये करम कीजिए।
ब्रज के गोकुल में हमको जगह दीजिए।
चाहे पंछी बनूँ चाहे पत्थर बनूँ, चाहे कर दो लता चाहे तरुवर बनूँ
कृष्ण दर्शन तो पाते रहेंगे
जन्म ले-ले... ॥

कितने ही कल्प बीतें, ये चिन्ता नहीं
कितनी हो सृष्टि और कितने आएँ प्रलय।

प्यार है अमृत-कलश

प्यार है अमृत-कलश, अम्बर तले
प्यार बाँटा जाए जितना, बाँट ले।
प्यार के आकाश की सीमा नहीं होती
प्यार सी सागर में भी गरिमा नहीं होती।
प्यार में मुस्कान है, रोना नहीं होता
ये किसी मंजूस का सोना नहीं होता।
प्यार में होते नहीं शिकवे-गिले।
प्यार बाँटा जाए... ॥

प्यार वो काँटा नहीं जो पाँव में चुभ जाए
फूल ये ऐसा नहीं जो धूप में मुरझाए।
प्यार में कोई खरा-खोटा नहीं होता
प्यार पल भर की तरह छोटा नहीं होता।
प्यार तो जन्मो-जनम तक संग चले।
प्यार बाँटा जाए... ॥

प्यार, तम में रोशनी का काम करता है
प्यार मरहम बनके सब ज़ख़्मों को भरता है।
प्यार दुश्मन को भी अपना दोस्त कर लेता
प्यार तो पत्थर को भी भगवान कर देता।
जीत ले सबकुछ अमोलक प्यार से।
प्यार बाँटा जाए... ॥